Dabei hatte letzte Nacht die Matratzenparty für Pulp
ganz gut angefangen. Aber dann ... Betriebsstörung

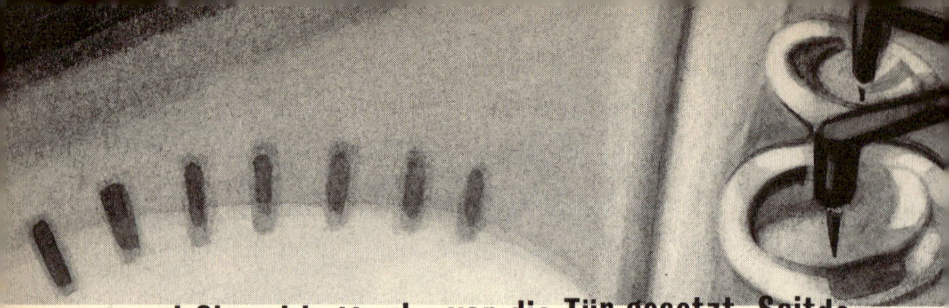

...und Cheryl hatte ihn vor die Tür gesetzt. Seitdem hatte Pulp keinen Piep von sich gegeben und

sich in die Lektüre seiner Zeitungen verbissen.
Da war die Sache mit dem toten Jungen ...

Olivier Thiébaut

PULP mag *keine* Köter

Deutsch von Angelika Weidmann

WUNDERLICH TASCHENBUCH

Deutsche Erstausgabe
Veröffentlicht im Rowohlt Taschenbuch Verlag GmbH,
Reinbek bei Hamburg, September 1998

Redaktion Juliane Kraus
Umschlaggestaltung Tandem Design
Bildseitengestaltung und Typografie
Karen Kollmetz & Daniel Sauthoff

Satz Adobe Caslon & **Salut** PostScript (PageOne)
Gesamtherstellung Clausen & Bosse, Leck
Printed in Germany
ISBN 3 499 26055 7

«Die Reaktion ist dem Pulp angeboren. Er hat kein besseres Mittel zum Vorwärtskommen.»

André, Hochseefischer

«Jeder wird zugeben, daß die obszönen Geschichten, die man selber schreibt, bei weitem keine so gefährliche Wirkung auf einen ausüben, wie die der anderen.»

Georg Christoph Lichtenberg

Für Stéphanie und Aurélie,
Mamas geliebte Pulpinchen

1 Pulp mag keine Köter

Die Stadt ist häßlich in der Nacht. Die Nacht ist häßlich. Die Stadt ist häßlich. Je größer sie ist, desto gräßlicher ist sie. Ganz zu schweigen von der Hauptstadt. Eine anständige Chemiebombe drauf, und reden wir nicht mehr davon. Alle gleich. Verfault bis in die Knochen, bis ins Mark. Peng, ja, eine anständige Bombe, per Einschreiben, ohne Rückantwort. Nicht unten rechts unterschreiben und den Beleg aufbewahren, nein. Ein Geschenk gewissermaßen. Die guten Wünsche zum Hinscheiden, abgeschickt von einem Iwan, dem es an Liebe fehlt und an Bisongras und einem Pferdearsch. Noch besser. Der Hunger gibt den Wasserbäuchen recht. Afrika zum Angriff. Hoch die Sicheln und Butter im Spinat für alle. Bluten muß es. Aufhören muß es.

Das war es, was Jo-le-taxi durch den Kopf ging, während er seine Karre parkte. In seinem nicht so ganz stoßgedämpften Schädel dachte er das. Das ging hoch wie Teig im Ofen. Das wurde sauer. Glücklicherweise hatte er Servolenkung. Wenn die grauen Zellen schwitzen, dann frißt das kein Brot, aber Achselschweiß, den sieht man sofort. Jo-le-taxi: der Spitzname war an ihm hängengeblieben, seit diese kaum geschlechtsreife Blondine ihre ehrgeizige Nasenspitze in die Hitparade gesteckt hatte. Er schaltete den Motor aus. Eigentlich hieß er Joseph Jourdain. Er hatte sich eine ausländische Kutsche ausgesucht. Rover. Wegen der Nußbaummaserung auf dem Armaturenbrett. Vornehm. Ein Zeichen für Adel in einer Welt, wo das Gasgeben König und der Auspuff frei ist. Jole-taxi machte die Wagentür zu, rieb sich die schmerzenden Nieren und verschloß seinen schönen Engländer. Zufrieden sah er, wie sich die Alarmanlage einschaltete. Ein Licht, das zunächst hastig, dann regelmäßig aufleuchtete. Zeichen, daß alles in Ordnung war. Daß seine Nacht vorüber war. Daß sich sein Zähler nicht mehr wie besessen drehte. Er konnte nach Hause gehen, die beiden Straßen überqueren, die ihn von seiner Wohnung trennten, den Fahrstuhl nehmen und sich neben seine Süße kuscheln. Eine tröstende Wärmflasche, seine Marie. Und die hatte er dringend nötig. Die Nacht war hart gewesen. Die Kunden machten sich rar. Die Trinkgelder ebenfalls. Schnell in die Klappe und alles vergessen. Die stumpfsinnigen Gespräche über das Wetter, den Stau, die Fahrstrecke und die sogenannten Abkürzungen. Die Nervensägen vergessen, die aus dem Kino kommen, ununterbrochen quatschen und das Ende des Films verraten. Die Verliebten vergessen, die sich hinter seinem Rücken heimlich befummeln. Die Traurigen, die die Zähne nicht auseinanderbringen und die die Türen zudonnern, als sei es ihr Wagen. Die Besoffenen, die sich kaum noch erinnern, wo sie wohnen, und die alle Scheiben runterdrehen, um nicht zu kotzen. Die schimpfenden Autofahrer, die keine Ahnung haben, wie die Blöden rasen und wie die Schnecken anfahren. Die grauen Mienen und die alten, geschminkten Fressen im Rückspiegel. Die geilen Miezen, die sich abmühen, ihre Röcke in Richtung Fußmatte zu ziehen. Die Stadt vergessen. Die, notgedrungen, häßliche Stadt.

Was er vor seinem Wohnhaus wahrnahm, bestätigte nur seine Gewißheiten. Ein Penner. Auf einem Karton zusammengerollt. Der eine Fuß ohne Schuh. Bloße Haut hier und da, zerfurcht, verkrustet, violett von der Kälte. Ein Penner. Wie vielen von diesen Streunern, deren Seele oft nackter war als der Leib, begegnete er jede Nacht? Der hier sah auch nicht so aus, als käme er aus der Kur, frisch und rosig. Er schien ziemlich abgefuckt. Zwei Brikpack-Kadaver billigen Fusels lagen neben ihm, und blaßroter Schaum tröpfelte aus seinem Mund. Sein Atem mischte sich unter die Geräusche der Nacht. Als Joseph etwas genauer hinschaute, konnte er sehen, daß sich der arme Tropf in die Hosen gemacht hatte. Vier Etagen unter seinem Fenster. Es widerte ihn an.

Die Stadt schmeckt nach Gleichgültigkeit, dachte er und überließ den armen Teufel seinen äthylischen Träumen. Er tippte den Code, der ihm den Zugang zu seinem Bett gestattete. Er hatte vergessen, daß das Ding kaputt war und sowieso jeder ins Haus konnte. Das Rad dreht sich. Das Spiel geht weiter.

Also weiter. Geschenk des Lichts. Mit einer simplen Handbewegung. Finger auf den Schalter. Elektrische Magie, die dir Sicherheit gibt. Sehen. Ja. Aber manchmal wäre es besser, man bliebe im Dunkeln. Gern hätte er, Joseph, sich seine Treppe mit dem weißen Stock hochgetastet. In die Federn hätte er auch blind finden können. Tappend. Ahnungslos. Um den unerfreulichen nächsten Tag zu vermeiden und das, was für immer in sein Gedächtnis gegraben war. Denn niemals würde er die Leiche des Jungen vergessen können, die in einer Ecke im Innenhof lag. Die Augen schmerzvoll aufgerissen. Die geschwollene Zunge, die ihm aus dem Mund hing. Jo-le-taxi hatte schon lange keinen solchen Schock mehr erlitten. Der Anblick traf ihn in dem Moment, als die Tür hinter ihm mit einem

Knall zuschlug. Als ob er eine akustische Untermalung gebraucht hätte. Er hatte gefühlt, wie all sein Blut zum gleichen Zentrum strömte. In der Aorta herrschte Gedränge. Joseph hatte ein schwaches Herz. Flaum ums Kinn. Verdammt, ein Kind. Ziemlich groß, zugegeben. Eher muskulös, zugegeben. Aber ein Kind. Hier, in seinem Hof, zwei Schritte von den Mülltonnen. Der Länge nach ausgestreckt. Gesicht auf dem Boden. Fließendes Haar, von einem Windzug gestreift. Eine Lebenshoffnung vielleicht? Also, sich vorwärts bewegen. Sich neben ihn knien. Ihm seine großen Chauffeurshände auf den Rücken legen. Ihm eine Reaktion zu entreißen versuchen. Die Tat. Das Wort.

«He, Kleiner ... He! Hörst du mich?»

Eins zu tausend. Vielleicht war er taub.

«KLEIIIINER! ... Wach auf, Junge, he, wach auf! ... Das geht vorbei, garantiert, das wird schon wieder ... Scheiße, sag was ... Atme doch.»

...

Joseph hatte im Fernsehen eine Reportage über den Rettungsdienst gesehen. Er hatte sich die Sachen gut gemerkt, die man mit denen macht, die unterwegs zur anderen Seite sind. Zugegeben, die Typen waren bestens ausgerüstet, mit Sauerstoffflaschen, nur vom Feinsten. Er, Joseph, hatte nichts als seine Pfoten. Aber die waren kräftig, hielten jedes Lenkrad, auch ohne Servo. Da kam was rüber. Herzmassage, das konnte er wenigstens versuchen. Mund zu Mund mit dieser Zunge, die zwei Finger breit über dem Asphalt hing, das ging über seine Kräfte.

...

Er fühlte die Rippen von dem Kind, die unter ihm nachgaben. Scheiße, bei dem Vornamen müßte er, Joseph, eigentlich ein Wunder machen können. Nur ein einziges. Nur um Marie zu beweisen, daß er den Jesus großziehen kann.

...

Verdammtes Kreuz. Und es fehlte noch, daß er es zu tragen hatte, er, Joseph.

...

Ausgerechnet in einem trostlosen Hof. Adieu, Golgatha.

...

Noch mal versuchen. Das ist einfach zu idiotisch.

...

Werd wieder lebendig.

...

Steh wieder auf.

...

Fahr nicht gen Himmel.

...

Weihnachten bekommst du Eier.

...

Spielsachen zu Ostern.

...

Knack! Die Rippen. Im Brustkorb des Knaben hatte es ernsthaft geknackt.

...

Joseph hatte benommen seine machtlosen, von der Anstrengung geröteten Hände angestarrt. Dann hatte er sich daran erinnert, daß man in einem solchen Fall die Bullen, die Feuerwehr, die Ärzte, die Concierge, die Mutter benachrichtigen müßte. Bürgerpflicht.

...

So oder so war seine Beziehung zu Marie mit der Gewohnheit platonisch geworden. Sein Bett konnte warten. Ein Junge hatte gerade seine Aufnahmeprüfung zur no future bestanden. Der letzte Blick, den Joseph auf ihn warf, der änderte auch nichts mehr.

...

Die Stadt ist häßlich in der Nacht. Schnell, eine Bombe! Und Gott bei alledem? Aller Wahrscheinlichkeit nach war sein Elektrokardiogramm ebenfalls platt. Oder er war ein verdammtes Schwein, dachte Jo und trat mit aller Kraft gegen den Karton des Penners, den nichts zu stören schien.

2 Pulp mag keine Köter

Keine Fliege muckste im *Pied de Porc à la Sainte Scolasse*, der Stammkneipe des Pulp.

Gérard betrachtete ein Haar seines Schnurrbarts. Eines von jenen Haaren, die einem direkt am Maul wachsen und einen beim leisesten Ärger jucken. Er zwirbelte es zwischen den Fingern unter dem orangefarbenen Licht der Lampen. Es war weiß, und Gérard stellte fest, daß alles bergab ging. Die Schnurrhaare und die Jahreszeiten. Und Pulp ebenfalls. Heute hatte er noch kaum die Zähne auseinandergebracht. Er war mit finsterem Blick erschienen und hatte sofort seinen großen, schlaksigen Körper schwerfällig auf den Stuhl an seinem Lieblingstisch fallen lassen.

«Tag. Kaffee, Butterbrot», hatte er zwischen den Zähnen hindurchgebrummt.

«He», tönte Gérard, «könntest uns eigentlich anständig begrüßen, oder?»

Gabriel hatte ihnen mit den Fingerspitzen zugewinkt, ohne sich umzudrehen. Seither hatte er keinen Piep von sich gegeben und sich in die Lektüre seiner

Zeitungen verbissen. Um die scheußliche Nacht zu vergessen, die er in Cheryls Bonbonbett verbracht hatte. Und dabei hatte das Vorspiel zu der Matratzenparty ganz gut angefangen. Die Wiedersehensfreude. Die verdiente Rast des müden Kriegers, das ganze Sturmgepäck am Fußende abgeladen. Und dann plötzlich Panne. Betriebsstörung. Nichts zu machen. Die Lust war stark, doch der Leib war schwach. Und die Ursache dafür war, daß Gabriel ein bißchen zuviel von dem Krefelder getrunken hatte, einem obergärigen deutschen Altbier, das mehr die Blase und Pickelhaube strafft als eine schlaffe Nudel. Mehr war nicht nötig gewesen, um Cheryl eine lange Litanei anstimmen zu lassen. Sie hatte eine Tonne von Vorwürfen über Gabriel ausgeschüttet. Was sein Gewicht anging, dagegen seien die Säulen der All-Black-Mannschaft nichts als Gartenzwerge, die man wegpusten könnte. Ein ganzer Schwall von Beleidigungen. Und dann hatte ihn Cheryl um fünf Uhr früh vor die Tür gesetzt und geschrien, daß sie ihn nie wiedersehen wolle. Er sei schrottreif. Niemals hätte sie sich mit einem solchen Asozialen einlassen sollen. Sie verschwende ihre schöne Jugend und ihren Sirenenkörper mit einem Schlappschwanz. Auf ihrer Stirn stünde nicht Penelope geschrieben. Sie sei nicht nur zur Dekoration da. Und sowieso habe Gabriel nicht das Trojanische Pferd erfunden, und seine Fersen vom armen Achilles, auf denen könne er sich gleich umdrehen. Kurzum, Cheryl in Bestform. Die Worte so spitz wie ihre Brüste. Aber was für Brüste auch, hatte Gabriel gedacht, als er zusah, wie seine schöne Friseurin ihm im Negligé die Tür vor der Nase zuschlug.

Danach hatte er den Rest der Nacht draußen verbracht, weil es sich nicht lohnte, noch ein Hotel zu suchen, und war einigermaßen wieder auf die Beine gekommen. Das Klima in der Kneipe hatte immer einen günstigen Einfluß auf seinen Geist gehabt. Gabriel ließ seinen Blick auf die Straße wandern, dann spürte er Gérards füllige Gegenwart hinter sich.

«Sag mal, Gérard, hast du den Artikel über den Jungen gelesen, den sie in einem Hinterhof gefunden haben?»

«Sieh an, dein Mundwerk funktioniert also noch.»

«Spar dir deine Predigt. Ich will ja nur wissen, ob du noch lesen kannst.»

«He, immer mit der Ruhe, Pulp. Du brauchst nicht

gleich einzuschnappen», gab Gérard zurück. «Der Herr verschwindet für eine ganze Ewigkeit. Weder ein Brief noch ein Anruf, und kaum taucht er wieder auf, bringt er uns die Nummer mit dem hohen Roß. Da kann man schon mal sauer sein, wenn ihr mich fragt.»

Das halbe Dutzend Stammgäste an der Theke ließ sich kein Wort entgehen. Der Laden würde bald wieder in gewohnter Stimmung sein. Sogar Léon, der paranoide Köter, der sich auf dem Kachelboden fläzte, der lokale Friß-scheiß-beiß, ließ sich dazu herab, einen Floh zu schütteln, und das will was heißen.

«Nun, Gérard, hast du's gelesen oder nicht?» beharrte Gabriel, allerdings mit etwas sanfterer Stimme.

«Der Junge da. Sicher habe ich das gelesen. Die Sache ist doch klar wie Meßwein!»

«Meinst du wirklich?»

«Was willst du? ... Der Penner, den sie vor dem Haus geschnappt haben, hat den Mord gestanden.»

Gabriel drehte sich zu Gérard um und pflanzte seinen Blick in den des fülligen Wirts.

«Gérard, du mußt mich unbedingt dran erinnern ...»

«An was?»

«Eines Tages muß ich dir beibringen, zwischen den Zeilen zu lesen.»

«Ich weiß nicht, was dich an dieser Geschichte stört. Es ist die Grausamkeit des Lebens, weiter nichts. Ein armer Junge und ein armer Kerl, bei dem die Sicherung durchbrennt. Nein wirklich, ich weiß nicht, was dich daran stört», antwortete Gérard und wischte sich seine Pranken an der Schürze ab, wobei er einen Seitenblick auf die Zeitung warf, die auf dem Tisch ausgebreitet lag.

Die Seite mit den Lokalnachrichten brachte drei Berichte. Ein erster betraf den Selbstmord eines Journalisten – ein Nachruf trauriger Kollegen auf einen großen Rechercheur. Der zweite handelte vom Heldentod eines Feuerwehrmannes, der einen in seiner eigenen Falle gefangenen Pyromanen zu retten versucht hatte. Ein Opfer des Feuers. Der dritte schließlich, derjenige, der die Aufmerksamkeit des Pulp erweckt hatte, erzählte das traurige Ende des Halbwüchsigen. Alles in allem war es Mathias Leroux, 14 Jahre, nicht gut ergangen. Eine kaputte, von Trauer überschattete Kindheit. Die Mutter bei einem Autounfall ums Leben gekommen, kurz nachdem der Vater einem Herzschlag erlegen war. Seither war er in staatlicher Fürsorge, untergebracht in einem Heim an der Rue Menilmontant. Eines jener sogenannten Übergangsheime, wo sich Kinder in Erwartung der hypothetischen Zuneigung einer Ersatzfamilie drängeln. Von da an war alles nur noch schlimmer geworden. Verzweiflung, Groll gegen ein ungerechtes Schicksal, Bindungslosigkeit, und schon bald war Mathias zu einem kleinen Gauner geworden und mehrmals von der Polizei erwischt worden. Sein letzter Fehler war fatal. Drei Tage zuvor hatte Mathias wieder mal seinen Aufruhr gegen das

System demonstriert und war aus dem Heim ausgerissen. Statt der Bullen hatte ihn das Pech eingeholt. In Gestalt einer schlechten Bekanntschaft namens Robert Casedaine, 45 Jahre, obdachlos und der Polizei als notorischer und aggressiver Säufer bekannt. Die Fortsetzung jagte einem kalte Schauer über den Rücken, Robert Casedaine hatte Mathias Leroux zuerst vergewaltigt und dann erwürgt. Die Polizei hatte ihn wenig später vor dem Wohnsitz eines Taxifahrers, eines gewissen Joseph J., festgenommen, der die Leiche gefunden und Alarm geschlagen hatte. Mit all dem Alkohol im Blut, oder besser gesagt nur ein paar Tropfen Blut

im Wein, hatte Robert Casedaine widerstandslos sein Verbrechen gestanden und die Tat einem nicht zu unterdrückenden Trieb zugeschoben.

«Also wirklich, lies das noch mal», beharrte Gabriel. «Fällt dir nichts auf?»

«Nein. Die Menschen sind so bescheuert, daß ich auf alles, sogar auf das Schlimmste, gefaßt bin.»

«Verdammt, du bist derartig dickschädelig, daß ich langsam glaube, du bist die Kreuzung eines Esels mit einer Vogelscheuche», empörte sich Gabriel.

Diesmal wackelte Léon sogar mit einem Ohr. Die Gläser verharrten in der Luft, und der sonst so diskrete Vlad warf einen Blick durch die Durchreiche in den Saal. Wenn der Pulp in diesem Ton weiterredete, würde er mit Sicherheit als Tagesgericht enden und seine Fangarme als Gaumenfreude auf den Tellern. Zum Glück erschien in diesem Moment Maria im Restaurant. Sie schob einen Einkaufswagen vor sich her, auf dem ein Kalbskopf mit weit heraushängender Zunge thronte. Ein ganz und gar toter Kalbskopf.

«Vorsicht, Herrschaften ...»

«Na so was, haben Sie Ludwig XVI. ausgegraben?»

amüsierte sich ein Stammgast und tätschelte die Stirn des Kalbskopfs.

Ein paar Leute lachten. Maria entdeckte Gabriel, warf ihm eine Kußhand zu und verschwand in der Küche. Die Erregung legte sich wieder.

«So», nahm Gérard stirnrunzelnd das Thema wieder auf und stützte dabei seine Pranken flach auf Gabriels Tisch. «Was war das noch, was du da über meine Ahnen gesagt hast?»

«Ich habe nur gesagt, daß ich mir nicht erklären kann, wie ein Typ, der mehr als vier Gramm Alkohol im Blut hat, einen Halbwüchsigen, der offensichtlich im Vollbesitz seiner Kraft ist, vergewaltigen und dann ermorden kann.»

«Vielleicht hat er ihn erst umgebracht!»

«Vorher, nachher, das ändert nichts! Wie viele Leute kennst du, die mit mehreren Litern Fusel im Bauch noch einen hochkriegen?»

«Hm, ich weiß nicht, worauf du hinaus willst, außerdem ist mir das schnuppe. Weißt du was, ich unterhalte mich ebensogern mit meinen Schweinsfüßen.»

«Hast recht, am Schwein geht nichts verloren, nicht einmal die Konversation.»

«Und Gérard hat Sinn für Konversation», lästerte einer der Tresenphilosophen.

Pikiert wußte Gérard nichts zu antworten. Er zuckte mit den Schultern und steuerte die Küche an.

«Der erste, der einen Kommentar von sich gibt, den mache ich zu Mus», knurrte er, bevor er verschwand.

Gabriel hörte schon nicht mehr hin. Er dachte an die vergangene Nacht zurück. Er hatte höchstens vier Bier getrunken, und aus war's mit dem Ständer. Irgend etwas war faul an dieser Geschichte. Sie verdiente eine kleine Überprüfung.

3

PULP mag keine Köter

Als Gabriel Gérards Kneipe verließ, wurde er vom Regen überrascht. Einer dieser plötzlichen, vorübergehenden Schauer, die ein paar Minuten lang auf die Dächer von Paris prasseln, um für kurze Zeit dem blassen Himmelblau seinen bräunlichen Abgasschleier zu nehmen. Im strömenden Regen mußte Gabriel an einen Aphorismus von Georg Christoph Lichtenberg denken, ein Autor, den er hin und wieder las.

«Es regnete so stark, daß alle Schweine rein und alle Menschen dreckig wurden.»

Nach sich die Sintflut, schlug Pulp den Weg in die Rue Menilmontant ein. Es war nicht gerade um die Ecke, aber bald stand er vor dem Waisenhaus, in dem Mathias Leroux einige Jahre gelebt hatte. Es handelte sich um eine Gruppe von klassizistischen Gebäuden, eingefaßt von Mauern, auf denen die Graffitti schneller wuchsen als Unkraut. Der Haupteingang, ein großes schmiedeeisernes Tor, stand offen. Dahinter lag ein menschenleerer Hof. Gabriel trat, mit seinen langen Armen rudernd, ein. Als er sich kurz vor dem Hauptgebäude befand, ertönte eine Stimme hinter ihm.

«Sie wünschen?»

Gabriel drehte sich um und fand sich einem Mann von gut vierzig Jahren gegenüber, mit einem streng gestutzten Bartstreifen und dem Blick eines Inquisitors. Die Fresse eines alten Volksschullehrers, Meister in der Kunst, das Lineal auf Kinderfingern hüpfen zu lassen.

«Guten Tag. Ich möchte den Direktor sprechen.»

«Sind Sie angemeldet?»

«Nein, aber es ist wichtig.»

«Um was geht es?»

«Den Tod von Mathias Leroux.»

«Sind Sie Journalist?»

«Nein.»

«Bulle? ... Ich meine, Polizist?»

«Nein. Nur ein Freund der Familie. Das heißt, was davon noch übrig ist. Ich war ein bißchen so was wie ein Pate von dem Jungen ...»

«Und Sie melden sich erst jetzt?»

Gabriel hatte sich nicht getäuscht. Der Kerl war ganz und gar der neue Typ des Inquisitors. Es würde nicht lange dauern, bis er Hammer und Nägel hervorholen würde, denn um mit Ziege und Salz zu arbeiten, erschien er nicht sympathisch genug.

«Ich war mit *Ärzte ohne Grenzen* im Ausland.»

«Als Arzt?»

«Nein, als einfacher Krankenpfleger ... Die werden auch gebraucht.»

Der Mann strich sich mit den Fingern durch das Gestrüpp in seinem Gesicht, bevor er sagte:

«Gut, kommen Sie mit in mein Büro ... Richard Delègue. Ich bin der Direktor.»

Eine nützliche Auskunft, auch wenn Gabriel darauf gewettet hätte.

«Ich stelle voller Genugtung fest, daß Sie manchmal das Fragezeichen vergessen.»

«Was wollen Sie damit sagen?»

«Nichts, nichts», gab Gabriel von sich und hatte Mühe, ein Grinsen zu unterdrücken. «Sehr erfreut. Ich bin Alain Granger, und danach haben Sie mich noch nicht gefragt.»

Delègue begnügte sich damit, die Stirn zu runzeln, bevor er Pulp in das Gebäude einlud. Im Inneren war alles sauber, aufgeräumt und ohne Firlefanz. Es roch nach militärischer Zucht. Nichts darf überstehen, nicht mal die Ohren, dachte Gabriel, der in seiner Jugend einmal eine rechtsradikale Buchhandlung überfallen hatte und in eine Art Straflager gesteckt worden war. 1979 war das gewesen. Eine echte gute Tat.

«So, Sie sind also der Pate von Mathias», stellte der Direktor fest, sobald sie ordnungsgemäß durch seinen Schreibtisch voneinander getrennt waren.

«Inoffiziell, ja.»

«Und wie haben Sie von seinem Tod erfahren?»

«Von seiner Ermordung wollen Sie sagen ... Ebenso inoffiziell. Aus der Zeitung.»

«Haben Sie Mathias gut gekannt?»

Also wirklich, langsam ging ihm der Kerl mit seinen Fragen ernsthaft auf den Keks. Dennoch gab er sich Mühe, er wollte sich nicht mit ihm anlegen.

«Kaum. Nur als er noch klein war. Ich bin immer viel gereist.» Pulp hatte keine Lust, sich in Einzelheiten zu verwickeln, die er nicht kannte. «Ich habe vor allem seinen Vater gekannt. Er war so etwas wie ein Adoptivvater für mich, wenn Sie wissen, was ich meine.»

«Durchaus. Ich bin ja selbst so eine Art Adoptivvater für alle Kinder, die hier leben und nicht das Glück haben, ihre richtigen Eltern noch zu haben», säuselte Delègue und reckte sich in seinem Sessel.

«Daran besteht kein Zweifel», erwiderte Gabriel. Er glaubte kein Wort.

«Nun, was kann ich also für Sie tun?»

Gabriel erklärte ihm, daß sein Anliegen ambivalent sei. Einerseits war er es den Eltern von Mathias schuldig. Andererseits war es ein bißchen, um sich von seinen Schuldgefühlen zu befreien; weil er sich nicht um den Jungen gekümmert hatte. Leider wurde man sich einer Sache immer erst bewußt, wenn sie nicht mehr rückgängig zu machen war. Jedenfalls immer zu spät. Kurzum, er, Alain Granger – willkürlich hatte Gabriel den Namen irgendeines seiner falschen Papiere genannt – bereute es, dem für immer verlorenen Kind gegenüber nicht «humanitärer» gewesen zu sein. Auch eine Folge seines Berufs. Aus allen diesen Gründen würde er heute gern mehr über den Jungen erfahren, denn da war dieser bittere Nachgeschmack von etwas Unvollendetem.

Richard Delègue, der es sich nicht nehmen ließ, seine herausragende Rolle als Messias der Waisenkinder zu unterstreichen, konnte ihm nicht viel mehr berichten, als was schon in der Zeitung stand. Er entwarf ein angenehmes Porträt des Jungen, schilderte ihn als schweigsam, verschlossen, doch sensibel und von lebhafter Intelligenz. Mathias hatte fast keine Freunde, weder Jungen noch Mädchen. Er schlief wenig, las viel, und das Leben schien ihm die Flügel zu versengen. Ein Träumer.

«In der Zeitung wurden kleine Delikte erwähnt. Ich kann alles vertragen, wissen Sie.»

«Das war ohne Bedeutung. Ich will sagen, das waren nichts als Kinderdummheiten. Jetzt, wo er uns verlassen hat, möchte ich mich nur an seine guten Seiten erinnern.»

«Und warum ist er ausgerissen?»

«Er wäre zurückgekommen. Sie kommen am Ende immer zurück. Schließlich geht es ihnen hier gut. Wenn sie fortgehen, wird es ihnen erst bewußt.»

«Aber wenn er doch so intelligent war, wie erklären

Sie sich dann, daß er sich von dem erstbesten Penner hat umbringen lassen?»

«Das kann ich mir nicht erklären. Alles, was ich Ihnen sagen kann, ist, daß der Penner laut Polizei nicht der erstbeste war.»

Gabriel machte mit dem Kopf eine zustimmende Bewegung und erklärte dann, daß er Delègue nicht länger seine kostbare Zeit stehlen wolle.

«Sie wünschen vielleicht, seine persönlichen Habseligkeiten mitzunehmen?» fragte der Direktor, der aufstand, um ihn hinauszubegleiten.

«Nein, ich bin kein Fetischist. Und ich lebe immer zwischen zwei Hotels ... Ehe ich es vergesse ... Ich würde gerne an der Beerdigung teilnehmen. Wissen Sie, wann die stattfinden soll?»

«Nein. Das hängt allein von der Polizei ab. Die Autopsie ist noch nicht beendet. Aber ich kann Sie benachrichtigen.»

«Das wäre sehr freundlich von Ihnen. Sie können mich im Hôtel des Flandres erreichen. Ich habe die Nummer nicht bei mir, aber Sie finden sie im Minitel. Verlangen Sie nach Alain Granger.»

«Alain Granger. Hôtel des Flandres. Ist notiert.»

«Muß ich für die Bestattung irgend etwas bezahlen?»

«Nein, nein. Der Staat übernimmt alles», sagte Delègue und legte eine behaarte Hand auf die Türklinke seines Büros.

Im Flur auf der anderen Seite der Tür stießen sie auf ein junges Mädchen. Gabriel schätzte sie auf fünfzehn oder sechzehn. Sie war hübsch, doch ihr Gesicht war extrem bleich, ihre Züge angespannt. Ein enganliegendes T-Shirt ließ ihren Busen vorteilhaft zur Wirkung kommen. Abgewetzte Jeans vervollständigten ihre Aufmachung.

«Ein Problem, meine kleine Julie?» fragte Delègue in honigsüßem Ton.

«Der Erzieher schickt mich», antwortete das junge Mädchen leise und vermied den Blick des Direktors.

«Warte im Büro auf mich, ich komme gleich.»

Das Mädchen ging mit gesenktem Kopf an Gabriel vorbei und lieferte seiner Nase im Vorbeigehen eine Duftwolke von Vanille.

«Monsieur Granger, vielen Dank für Ihren Besuch. Er bringt uns Mathias nicht wieder, aber es ist gut, wenn auch jemand außerhalb des Heims an ihn denkt.»

«Ich habe Ihnen zu danken», sagte Pulp, bevor er sich entfernte.

Beim Hinausgehen sah er ein paar Jugendliche, die lässig in einer Ecke des Hofes zusammenstanden. Gabriel hatte Mühe sich vorzustellen, daß Delègue, wie er so schön gesagt hatte, ihr Adoptivvater sei. Er dachte an das Gespräch zurück. Und es war ein Aphorismus von Lichtenberg, der es am besten zusammenfaßte:

«Heftigen Ehrgeiz und Mißtrauen habe ich noch allemal beisammen gesehen.»

4 PULP mag keine Köter

Entspannt betrat Gabriel das Hôtel des Flandres. Es war ein rustikales, altmodisches Hotel, in dem er einige Monate zuvor schon ein paar Tage verbracht hatte. Er mochte das Hotel, weil es mit seinem überladenen Rokoko-Dekor eher an die Provinz als an Paris erinnerte. Der Name war ihm zufällig eingefallen, als Delègue wissen wollte, wo er zu erreichen sei. Pulp trat an den Empfangstresen und riß den Bediensteten, einen rotgesichtigen, feistwangigen Mann, aus seinem unbequemen Schlummer.

«Ein Zimmer, bitte.»

«Was? ... Ist keins frei.»

«Wie bitte? Was soll das heißen?»

«Wir sind ausgebucht.»

Scheiße, dachte Pulp, das war nicht vorgesehen.

«Können Sie sich nicht ein bißchen bemühen?»

«Bist du taub oder was? Wir sind ausgebucht, habe ich gesagt. Geh woanders hin. Hotels gibt es in diesem verdammten Kaff ja wohl genug.»

In dem Augenblick klapperten Schritte auf der Treppe. Eine Dame um die Fünfzig, elegant und dauergewellt, erschien auf den unteren Stufen. Gabriel veränderte seine Haltung radikal. Er rückte seine Mütze zurecht und ließ seine Stimme übertrieben laut klingen.

«Nein, sparen Sie sich das, ich bin integer, Monsieur. Mein Bericht wird gesalzen ausfallen.»

«Was?» fragte der Portier verblüfft.

«Mindestens sechs Monate wird geschlossen.» Dann drehte er sich zu der Frau um und fügte hinzu: «Madame, Sie wohnen doch nicht etwa hier?»

«Doch, warum?»

«Das Ordnungsamt, Madame. Meine Leute haben mir eben die vollständigen Ergebnisse ihrer Analysen ausgehändigt. Dieses Hotel wird so schlecht geführt, wie ich es seit dem Beginn meiner Laufbahn im Dienste eines sauberen Frankreich noch nie gesehen habe.»

«Aber es ist doch sehr sauber hier!»

«Dann müssen Sie eine echte Tierfreundin sein!»

«Ja, aber was hat das damit zu tun», wunderte sich die Dame.

«Aber ...» versuchte der Portier sich einzumischen.

Gabriel, der ein Blatt Papier aus seiner Jackentasche geholt hatte, schnitt ihm sofort das Wort ab.

«Hier steht es schwarz auf weiß ... Der Keller wimmelt von Ratten, die Küche ist voller Kakerlaken. Was die Zimmer angeht, so sind sie ein Paradies für Milben, Flöhe und Läuse. Und der Dachboden beherbergt so viele Tauben, daß sie unsere schöne Avenue des Champs-Elysées mit einer anständigen Schicht Dreck pflastern könnten. Soweit also für unsere Tierfreunde. Aber das ist noch nicht alles ...»

«Danke, ich habe genug gehört. Ich bleibe keine Minute länger in einem solchen Hotel.»

«Aber ...» stammelte der Portier, der nur noch dieses eine Wort im Mund hatte.

«Machen Sie meine Rechnung fertig», unterbrach ihn barsch die Dame. «Ich gehe sofort meine Koffer packen. Also so was», murmelte sie vor sich hin, als sie die Treppe wieder hinaufstieg.

Gabriel schaute ihr mit einem kleinen Lächeln im Mundwinkel nach, dann wandte er sich dem Portier zu, der es noch immer nicht fassen konnte.

«Sie haben doch jetzt ein Zimmer frei, nicht wahr? ... Also ein Zimmer, bitte.»

«Du willst mich wohl verarschen», brachte sein Gesprächspartner schließlich hervor.

«Hören Sie auf, mich zu duzen, sonst ist es das ganze Hotel, das auszieht.»

Während er darauf wartete, sein Zimmer in Besitz zu nehmen, ging Gabriel hinaus, um ein Schinkenbrot zu verschlingen sowie – er hatte sich ihretwegen die Kneipe ausgesucht – zwei gezapfte Hoegaarden. Dieses wenig schäumende, ein bißchen trübe belgische

Weißbier mochte er, weil es leicht war. Es wurde mit einer Zitronenscheibe serviert, war sehr durststillend und hinterließ einen angenehm frischen Geschmack auf seinem Gaumen. Frische würde er sehr gut brauchen können, wenn er in wenigen Minuten ein paar Sachen bei Cheryl abholen würde.

Unauffällig, das Schlenkern seiner langen Arme auf Sparflamme, betrat Gabriel auf Zehenspitzen Cheryls Frisiersalon in der Rue Popincourt. Gegen alle Erwartung zeigte sich seine schöne Friseurin äußerst liebenswürdig und zuvorkommend. Sie erwähnte mit keinem Wort die Schlagwetterexplosion, die ihre Beziehung im Abgrund einer Nacht verschüttet hatte. Als er sie anschaute, fragte sich Pulp sogar, ob er die Geschichte nicht geträumt hatte. Dieses Sandkorn, das die schöne Mechanik ihrer episodischen Beziehung blockiert hatte. Also wirklich, die Frauen ... dachte er. Aber es gelang ihm nicht, den Satz zu Ende zu denken, ohne daß es zu blöd war. Und als er ihr erklärte, daß er ein paar persönliche Habseligkeiten von ihrem Dachboden holen und ein bißchen untertauchen wolle (er wisse aber noch nicht, für wie lange), hatte Cheryl keine Einwände. Ihre weißen Zähne glänzten hinter ihrem Lächeln, und sie begnügte sich damit, zärtlich seine Wange zu tätscheln, ehe sie unter den amüsierten Blicken ihrer beiden Lehrlinge und den wenigen Kundinnen zu dieser Stunde erklärte:

«Aber du bist doch ein freier Mann, mein Schatz.»

Gabriel wußte nicht recht, was er davon halten sollte, und fragte auch nicht weiter, sondern drückte ein Küßchen auf Cheryls Wange. Als er sich anschickte hinauszugehen, holte sie ihn ein.

«Schau mich mal an, Gabriel!»

Gabriel drehte sich um, eine kleine beunruhigte Falte im Augenwinkel.

«Deine Haare sind zu lang. Komm, das werde ich in Ordnung bringen. Du hast doch fünf Minuten, bevor du dich in den Großstadtdschungel stürzt, oder?»

Gabriel akzeptierte das Angebot. Er hatte wirklich einen kleinen Haarschnitt nötig. Bei der Geschwindigkeit, mit der sein brauner Lockenschopf wuchs, würde man ihn bald nicht mehr Pulp, sondern Meduse nennen. Er begab sich in die Shampoo-Ecke und fühlte nicht ohne Wohlbehagen den genau richtig temperierten Wasserstrahl, dann Cheryls geschickte Hände auf seinem Schädel. Er nahm sogar aus der Tiefe seines Slips den Anfang einer Erektion wahr, die ihm vor nur wenigen Stunden versagt gewesen war. Er schloß die Augen und überließ seine Neuronen der göttlichen Massage, wobei er sich fragte, wie es möglich war, daß manche Leute es nicht ertrugen, wenn man ihren Haarboden befummelte. Bald darauf umhüllte ein warmes Frottierhandtuch seinen Kopf, und Cheryl lud ihn freundlich und mit professionellem Tonfall ein, sich vor einen Spiegel zu setzen.

«Wie möchtest du den Schnitt?»

«Klassisch.»

«Aber nicht zu kurz im Nacken, nicht wahr?»

«Genau. Nur ein bißchen auffrischen. Laß es natürlich ...»

«Einverstanden. Keine Sorge, das wird es sehr schnell wieder ... Mach noch mal kurz die Augen zu ...»

Gabriel gehorchte. Sie nahm ihm das Handtuch vom Kopf.

«Klassisch und natürlich! Du kannst die Augen wieder aufmachen.»

Gabriel machte die Augen auf. Und bereute es auf der Stelle. Apokalyptische Vision, dort, vor seiner Nase, im Spiegel. Hiroshima, mein Haß.

«Nein, Cheryl, das kann doch nicht wahr sein ... Das kannst du mir nicht antun!»

«Mir gefällt es. Und außerdem ist es zur Zeit der letzte Schrei!»

«Du Miststück!» knurrte Gabriel und sprang auf. «Warum hast du das gemacht?»

«Damit du jedesmal, wenn du in den Spiegel schaust, an mich denkst», sagte sie treuherzig und übertrieben unschuldig.

«Okay, verstanden», sagte Gabriel und ging schnurstracks zur Tür.

«Warte ... Und der Haarschnitt?»

«Ein andermal ... vielleicht!»

«Mach dir nichts draus, sechsmal waschen, und es ist wie vorher», rief sie ihm durch die Glastür nach.

Aber Gabriel hörte sie nicht mehr. Wütend überquerte er den Bürgersteig mit langen Schritten. Sämtliche Passanten schauten dem riesigen Kerl nach mit den langen Armen und dem nassen Haar in wunderschön leuchtendem Ziegelrot.

5 PULP mag keine Köter

Gabriel hatte es sich mit dem Wesentlichen in seinem Hotelzimmer bequem gemacht: ein Telefonbuch und ein Sechserpack Grimbergen, einem kleinen Abteibier, das es ohne weiteres mit dem klassischen Leffe aufnehmen konnte. Auf der Bettdecke ausgestreckt, verschlang er abwechselnd und mit der Regelmäßigkeit eines Metronoms die Seiten und die Bierdosen, um das Telefonbuch geschmackvoller zu machen. Mit äußerster Sorgfalt suchte er alle Fernsprechteilnehmer mit dem Namen Joseph J. zusammen, die im 10. Arrondissement wohnten. Er fand ihrer neun und machte sich daran, einen nach dem anderen anzurufen, um den Augenzeugen des Dramas zu finden. Nach drei Fehlschlägen und einem Anrufbeantworter stieß er auf eine Frau mit einer dünnen Stimme.

«Hallo?»

«Guten Tag, Madame, entschuldigen Sie bitte die Störung, aber ich glaube, ich habe meine Aktentasche in dem Taxi Ihres Mannes liegengelassen.»

«Tut mir leid, ich kann ihn im Augenblick nicht fragen. Er schläft.»

«Um diese Zeit?» wunderte sich Pulp, dessen Uhr zehn Minuten vor vier zeigte.

«Er arbeitet nachts.»

«Ich verstehe ... Ich habe selber einige Zeit nachts gearbeitet. Mitternacht bis acht Uhr früh. Und das jeden Tag, den der liebe Gott geschaffen hat!»

«Mein Mann hat mehr Glück. Im allgemeinen fängt er um neun Uhr abends an ...»

«Das kommt fast auf das gleiche heraus. Kein Leben für einen anständigen Mann ...»

«Sie haben ganz recht ... Gut, also, wie machen wir das, wegen Ihrer Aktentasche?»

«Hören Sie, es ist nicht so dringend, und ich muß in knapp einer Stunde den Zug nehmen. Wenn er sie findet, möchte er sie bitte aufbewahren ... Ich melde mich, sobald ich zurück bin.»

«In Ordnung, ich sag's ihm.»

Gabriel bedankte sich und hängte auf. Befriedigt (aller Wahrscheinlichkeit nach war er auf den einzigen

Taxifahrer namens Joseph J. gestoßen und brauchte die anderen nicht mehr anzurufen) malte er einen dikken Kringel um den Namen und die Adresse, die ihn interessierten. Joseph Jourdain, Rue de Lancry Nummer 21. Er würde kurz vor einundzwanzig Uhr dort sein. In der Zwischenzeit ließ er den Kopf auf das Kopfkissen sinken und sich von dem von Doppelfenstern gedämpften Getöse des beginnenden Stoßverkehrs in den Schlaf wiegen. Das Schrillen des Telefons riß ihn aus einem unruhigen Schlummer. Es war einer jener unzusammenhängenden Träume, wo sich alles zu perfekter Absurdität vermischt, insbesondere seit der gute Sigmund nicht mehr da ist, um einem das Gegenteil zu beweisen. Mit belegter Stimme nahm Gabriel den Anruf entgegen. Es war Richard Delègue, der ihn unterrichtete, daß die Trauerfeier für Mathias am nächsten Tag um genau elf Uhr dreißig im Krematorium des Friedhofs Père Lachaise stattfinden würde.

«Danke, ich werde dort sein», sagte Pulp, bevor er auflegte.

Um sich zu erholen, trank er den Rest der angebrochenen Dose Grimbergen, die am Fußende seines Betts stand. Er schnitt eine Grimasse, denn das Bier war ebenso lau wie sein Geist. Um sein großes Gestell in Gang zu bringen, beschloß er, das Badezimmer aufzusuchen. Er stieß mit seinem Spiegelbild zusammen. Scheiße, Cheryl hatte wirklich zugeschlagen. Rot war gar kein Ausdruck, von der Haarwurzel bis zur Spitze. Ist nicht schön, seine Erektion zu verlieren, dachte Gabriel, als er den fatalistischen Zombie im Spiegel musterte. Er unterzog sich einiger Waschungen, bevor er sich entschloß, die Nase ins Freie zu stecken.

Das Haar so gut es ging unter seiner Lieblingsmütze versteckt, ging Pulp an dem Portier vorbei, der ihm einen drohenden Seitenblick zuwarf, sich aber jeglichen Kommentars enthielt. Auf dem Bürgersteig winkte Gabriel ein Taxi herbei und fuhr in Richtung Rue de Lancry. Am Quai de Jemappes ließ er sich absetzen. Über dem Canal Saint-Martin zerfiel langsam der Tag, und die Tore der Schleusen stauten das graue, ölige Wasser. Ein paar Passanten überquerten die Brückenstege, einfarbige, metallene Regenbögen. Nostalgie, wenn schon denn schon, also blieb er ein Weilchen stehen, um das Hôtel du Nord zu betrachten. Renoviert und schlecht modernisiert, die Fassade mit neuen großen Fenstern versehen, wartete es auf einen neuen Besitzer. Dennoch kamen ihm Arlettys durch und durch pariserische Spottlust und die Verse von Prévert sofort wieder in den Sinn. «*Atmosphäre*, Atmosphäre! ... Sah ich etwa so aus wie Atmosphäre?» Das ganze Viertel sah so aus. Auf eine Art, die ihm das Herz leicht werden ließ, ihm, der mit seiner Fresse eher aussah nach Stratosphäre.

Zwanzig Uhr dreißig. Gabriel entschied, daß es an der Zeit sei, sich auf seinen Posten in der Nähe von Joseph Jourdains Wohnung zu begeben. Die Rue de Lancry war ziemlich schmal. Ihr Pflaster erstreckte sich bis zum Place Jacques Bonsergent. Pulp schritt sie in beiden Richtungen ab und versuchte, sich sämtliche Einzelheiten einzuprägen. Die Nummer 21 war ebenso unpersönlich und schmuddelig wie die übrigen Häuser der Umgebung. Nur eins machte den Unterschied: Auf der anderen Seite der schweren gläsernen Haustür hatte ein Junge den Tod gefunden, und über die Umstände dieses Todes hegte Gabriel Lecouvreur seine

Zweifel. Um sein Warten zu beleben, gönnte er sich einen Aphorismus. Er schlug willkürlich das Buch auf, das in einer seiner Taschen geduldig wartete, und fand:

Bei dem allgemeinen Mißtrauen wird man alle Versuche von Waisenkindern anstellen lassen müssen.

Seltsamer Zufall. Gabriel lief ein Schauder über den Rücken. Waisenkinder. Mathias Leroux war ein Waisenkind. Er selber war Waise. Klar, Tante Marie-Claude und Onkel Emile hatten, indem sie ihn adoptierten, alles getan, um diesen existentiellen Abgrund zu füllen. Er war dem Heim entkommen und hatte eine eher glückliche Kindheit in der Eisenwarenhandlung der Familie verbracht. Die Schraube hatte er nur beim Basteln kennengelernt. Aber dennoch war er ein Waisenkind, nachdem ein Autounfall seine direkten Vorfahren vernichtet hatte. Waise ... Vielleicht war das der Grund, warum Pulp beschlossen hatte, mit seinen Tentakeln in dieser Geschichte herumzutasten. Der Aphorismus, den er eben gelesen hatte, bestärkte ihn in dieser Entscheidung. Gewiß, er verfügte nicht über das geringste Indiz, aber sein allerkleinster Saugnapf juckte ihn. Das war ein gutes Zeichen.

Um fünf Minuten vor neun kam ein gut vierzigjähriger Mann aus dem Haus Nummer 21. Instinktiv sagte sich Gabriel, daß das der Mann war, und folgte ihm diskret. Gewonnen. Der Mann führte ihn direkt zu seinem Fahrzeug, einem in der Rue Lucien Sempaix geparkten Rover. Pulp wartete, bis er den Motor angeworfen und sich aus der Parklücke manövriert hatte, um ihn mit einem gekonnten, klassischen «Hep, Taxi!» anzuhalten. Als Joseph Jourdain den großen Mann sah, der sich auf dem Rücksitz niederließ, dachte er, daß seine Nacht gut anfinge. Er konnte einen kleinen Stups von seiten des Schicksals gut brauchen, um seinen persönlichen Trip wieder in die gleiche Richtung rollen zu lassen wie seine Reifen.

«Wo bringe ich Sie hin?»

«Wohin Sie wollen.»

Es gab nicht mehr viel, worüber Jo-le-taxi sich wunderte. Aber dieser Typ, der eine Taxe nimmt und nicht weiß, wo er hinwill, das irritierte ihn dann doch.

«Ich bin nicht in der Stimmung für dumme Witze», brummte er.

«Ist kein dummer Witz», widersprach Gabriel, «fahren Sie hin, wo Sie wollen. Sagen wir für einen Hunderter. Meiden Sie einfach nur die Touristenattraktionen. Ja, ich hab 'ne Idee ... Zeigen Sie mir was Typisches.»

Mißtrauisch musterte Joseph Pulp durch den Rückspiegel. Gabriel hatte seine langen Arme lässig über den ganzen Rücksitz ausgestreckt. Ein Lächeln kräuselte ein wenig seine halboffenen Lippen.

«Typisch und authentisch. Fahren Sie los. Ich will was haben für mein Geld.»

«Was verstehen Sie unter authentisch? Authentisch Strich oder ...?»

«Authentisch echt.»

Die Antwort war wie aus der Pistole geschossen gekommen. Schließlich, warum auch nicht. Wenn der Kerl rumgefahren werden wollte, würde er ihn rumfahren. Joseph legte den ersten Gang ein und rollte los. Eine Weile fuhren sie durch die Pariser Straßen, ohne ein Wort zu sagen. Joseph fuhr ruhig und voller Respekt für sein Fahrzeug. Er war es, der das Schweigen als erster brach.

«Haben Sie oft solche Anwandlungen? Ich meine, so rumkurven zu wollen, wo der Zufall Sie hinbringt? ...»

«Nein. Ich wollte nichts anderes, als Sie sprechen.»

Jo-le-taxi fühlte, wie sich die Haare auf seinen Armen aufrichteten.

«Und wo wir schon dabei sind», fuhr Gabriel fort, «sagen Sie doch bitte Ihrer charmanten Gattin, daß sie sich nicht aufregen soll ... ich habe meine Aktentasche wiedergefunden. Ich bin in letzter Zeit fürchterlich zerstreut.»

Diesmal war Joseph davon überzeugt, daß an dem Manöver etwas krumm war. Er fuhr an den Straßenrand und hielt an, zog nervös die Handbremse und verrenkte sich, um Pulp anzustarren, der eine entsprechende Gelassenheit an den Tag legte.

«Was wollen Sie denn nun wirklich?»

«Reden.»

«Worüber?»

«Das Wesentliche. Das Leben, den Tod ... Vor allem über den Tod.»

«Dafür müssen Sie einen Philosophen aufsuchen, mein Lieber ... Was mich betrifft, so bin ich eher für den Wetterbericht und die Benzinpreiserhöhung zuständig.»

«Sagen Sie mal ganz ehrlich», legte Gabriel los und unterdrückte ein Grinsen, «glauben Sie persönlich wirklich an diese Geschichte mit dem Penner, der der Mörder sein soll? Meinen Sie, ein Typ, der einen Jungen umlegt, lungert zwei Schritte von seinem Opfer herum, als ob nichts wäre?»

«Alles, was ich dazu zu sagen habe, habe ich schon den Bullen gesagt.»

Jo-le-taxi hielt einen Moment inne und versuchte, eine Reaktion auf dem Gesicht seines Fahrgastes abzulesen, bevor er fortfuhr:

«Wer sind Sie eigentlich?»

«Ein Mann, der zu verstehen versucht ... Ich kann es nicht leiden, wenn man mir fertige Wahrheiten auftischt.»

«Zorro, ja?» spottete Joseph.

«Nein, Bozzo», antwortete Gabriel. «Sie wissen doch, der Clown mit der roten Nase, der die Kinder zum Lachen bringt. Ich kann nichts dafür, aber mir sind die Kinder lieber, wenn sie lachen.»

Joseph Jourdain gelang es nicht, diesen Kerl, der da in seinem Taxi saß, unsympathisch zu finden. Also stellte er den Motor aus, bereit, ihm ein paar Einzelheiten über seine makabre Entdeckung zu liefern. Was den Penner anging, so fand er das auch krumm. Nach allem, was er verstanden zu haben glaubte, hatte Robert Casedaine sein Geständnis nicht ohne einen gewissen Druck abgelegt. Und außerdem war im Gegensatz zu dem, was in der Zeitung stand, Casedaine nicht gefunden worden, wie er vor der Wohnung von Joseph herumstreunte, sondern tief schlafend auf seinem Karton, am Rande des Alkoholkomas. Diese Einzelheit reichte, um einen Zweifel über der offiziellen Version schweben zu lassen.

«In gewisser Weise kann man es ja verstehen», schloß Jo-le-taxi. «Ein Verbrechen an einem Kind, das wühlt die Eingeweide aller Eltern auf. Es beruhigt sie zu wissen, daß die Polizei einen Schuldigen gefunden hat.»

Gabriel war ganz seiner Ansicht. Alles, um die Dämonen des Volkes auszutreiben. Gestern wurde man gelnycht. Heute wird man gerichtet. Hauptsache, man hat einen Schuldigen. Die Unschuld ist immer eine ganz andere Geschichte.

Der Pulp beschloß, daß es an der Zeit war, in seine Höhle zurückzukehren. Er bedankte sich bei Joseph Jourdain und reichte ihm einen Zweihundertfrancschein. Der Taxifahrer wollte ihn nicht annehmen.

«Damit Sie mich vergessen», beharrte Gabriel und stieg aus.

Während er sich mit weit ausholenden Schritten entfernte, holte ihn die Stimme des Chauffeurs ein:

«Sie werde ich zweifellos vergessen, aber den Jungen niemals.»

Gabriel drehte sich um, grüßte Jo-le-taxi, indem er mit der Fingerspitze an den Schirm seiner Mütze tippte, und machte sich auf den Weg zu seinem Hotel. Ohne Absicht hatte der gute Mann ihn ins 11. Arrondissement gefahren und gar nicht weit von seiner gegenwärtigen Bleibe abgesetzt. Zurück in seinem Zimmer, rief er sich seinen Tag in Erinnerung. Cheryl, Gérard, Delègue, der Portier (der inzwischen abgelöst worden war) und schließlich Joseph. Er gestand sich ein, daß er ganz und gar die Manieren eines Bocks an den Tag gelegt hatte. Dennoch würde er niemals einem Faun ähneln. Seine Pulp-Art klebte ihm fest genug an der Haut. Genug der Grübelei. Kaum war er zwischen die Laken geschlüpft, begann sich alles zu vermischen. Lichtenberg und das Hótel du Nord. Die Mischung war seltsam, entbehrte jedoch nicht eines gewissen Sinns:

«Versuche, Versuche! ... Seh ich etwa so aus wie ein Waisenkind?»

6

Pulp mag keine Köter

Im ersten Morgengrauen taten Gabriel ein paar Muskeln weh, weil das Bett zu weich war. Er versuchte, seine Position zu verändern, aber er konnte keinen Schlaf mehr finden. Im Halbdunkel begann er, auf die Geräusche der Stadt zu lauschen. Selbst zu dieser frühen Stunde hatte er das Gefühl, sich im Zentrum eines brodelnden Vulkans zu befinden. In Abständen fühlte er den Boden vibrieren. Die Metro hatte angefangen, ihre Wellen von Menschenmagma auf eine vom alltäglichen Elend angefressene Wirtschaft zu ergießen. Diesmal war er ganz und gar wach. Anstelle eines Frühstücks genehmigte er sich eine dünne Scheibe Lichtenberg:

«Eine Art von Gang, als wenn er in seinen Kopf kriechen wollte.»

Das Bild sprach für sich selber. Unter Zuhilfenahme seiner langen Arme bewegte sich Pulp unter die Dusche, um sich an Seele und Schopf zu reinigen. Dann wühlte er in einem Anflug von Kleidersorgen in seiner Tasche und wählte die schwärzesten Sachen aus, die er hatte: schwarze Leinenhose, schwarze Mao-Jacke, anthrazitfarbenes T-Shirt. Sein Slip konnte blau bleiben, so blau wie seine Eier aus Mangel an Cheryl ... Scheiß Krefelder. Draußen war sein erster Reflex, eine Zeitung zu kaufen und sich an einen Tisch zu setzen, der noch von seinen Vorgängern verkleckert war. Zwischen zwei Tassen Kaffee versuchte er, die jüngste Vergangenheit zu lesen. Eine winzige Notiz berichtete, daß Robert Casedaine, mehr denn je schuldig, in Haft genommen worden war. Und was Mathias betraf, der keine Familie hatte, die um ihn weinen konnte, so scherte sich längst kein Mensch mehr um den Tod dieses Jungen, dessen Angedenken schon aus dem Gedächtnis der Leute gelöscht war.

Gabriel war noch zu früh dran und ging in aller Ruhe die Rue de la Roquette hinauf zum Friedhof Père Lachaise. Die hohen, massiven Mauern trennten zwei Ewigkeiten. Die eine war prekärer als die andere. Ewigkeit. Das Wort erinnerte ihn an ein Gedicht seines alten Freundes Jean-Jack, mit dem er in den Turbulenzen der Kindheit die Schulbank gedrückt hatte:

«Auf dem Weg der Ewigkeit
Jonglierte pfeifend ein alter Toter
Mit dem Kopf eines Lebenden
Auf dem Weg der Ewigkeit
Neigten sich die Stammbäume
Und streckten ihre Familienzweige
Um den alten Toten zu schützen
Der sich im Kontakt mit dem Kopf des Lebenden verjüngte.
Er war es zufrieden und nahm Rache
Denn er hatte zu Zeiten von Hugues Capet gelebt
Man hatte ihn geköpft
Und da der Tod auf Erden kein Studium der Chirurgie absolviert hatte
Hat er ihm einen Kopf falschrum aufgeklebt
Den Kopf eines Embryos aus einem Einmachglas
So gut, daß man nicht wußte
Ob er vorwärts oder rückwärts ging
Auf dem Weg der Ewigkeit.»

Pulp hatte den Friedhof betreten und schlenderte ziellos durch die Alleen. Manchmal blieb er stehen und las eine Grabinschrift. Im allgemeinen zog er die Anonymen einem Jim Morrison, die Obskuren einem Chopin, das Unbekannte dem Soldaten vor. Wie auch immer, diese verscharrten Leichen ließen sich in den allermeisten Fällen auf die allersimpelste Weise zusammenfassen: ein Name, zwei Daten und Trauer, deren Ausmaß Gabriel an dem Pflegezustand des Grabes ablas. Er durchkreuzte das Labyrinth, tauchte zwischen den steinernen Fluchten unter und näherte sich langsam dem Krematorium. Er wollte nicht als erster eintreffen und stellte sich hinter ein Mausoleum, um den Beginn der Zeremonie besser verfolgen zu können. Es war ein schwarzer Tag, außer für die Verkehrsmeldung im Radio, die an diesem großen Abgang nur ein begrenztes Interesse zeigte. Die Menschheit drängelte sich nicht, um Mathias adieu zu sagen. Getragen von vier den Umständen entsprechend gekleideten Angestellten des Bestattungsunternehmens, der Sarg. Dahinter folgten ein Priester, Richard Delègue, ein paar Jugendliche, darunter Julie, die er vor der Tür des Direktors gesehen hatte, sowie zwei durch und durch amtliche Beamte, die Krawatte ebenso düster wie die aufgesetzten Mienen. Kein Fotograf. Und schon gar kein Kameramann. Und ebenfalls nichts Verdächtiges. Nicht mal ein Neugieriger. Gabriel schloß sich diskret dem Zug an und betrat als allerletzter das Krematorium. Unbehagen oder echtes Bedürfnis, woanders zu sein und diese lästige Pflicht hinter sich zu bringen – es ging alles ganz schnell. Der Priester erledigte seine Gebete, und eine der offiziellen Krawatten hielt eine knappe Rede. Eher politisch als ergreifend.

Das Verbrechen, ja, das Verbrechen hatte wieder einmal triumphiert, aber das würde nicht immer so sein. Der Staat sei wachsam und lasse seine Kinder nicht länger ohne Schutz. Mathias würde im Schmerz dieses verfrühten Todes ein zu vergessendes Beispiel bleiben und eines nahen Tages, schon morgen, würde die Justiz mit ihren beiden gerechten Armen die Schändlichkeit besiegen.

Angesichts eines solchen Unsinns – der zu den Wahrheiten der Polizei paßte – musterte Gabriel die Anwesenden eingehender. Magerer Kummer. Nur Julie schien ihm ernsthaft betroffen zu sein. Ihre Augen waren verquollen, und er meinte, eine Träne über ihre Wange rollen zu sehen. Dann kam der große Moment. Ein letztes Gebet, und der Sarg rollte in den roten Schlund des Verbrennungsofens. Pulp hörte das dumpfe Brausen der Maschine und stellte sich vor, wie die Flammen die glatten Wände des Sarges zu verschlingen begannen. Bald würde nur mehr ein kleines Häufchen kalter Asche am Boden einer Urne übrig sein.

Alle gingen nach draußen. Vor dem Krematorium wartete eine um eine verweinte Witwe gruppierte Familie, die ihren Schmerz sorgsam hütete, auf ihre Feuerrunde. Richard Delègue, den Bart strenger denn je, kam spontan auf Gabriel zu, um ihn zu begrüßen.

«Jetzt ist alles vorbei, Monsieur Granger. Ich möchte hoffen, daß Ihnen die Zeremonie zugesagt hat.»

In dieser Art von Situationen war Gabriel schon immer um eine Antwort verlegen gewesen. Er hatte immer das Gefühl, daß Worte zu nichts anderem dienten, als unbeholfen zu sein.

«Ja, danke, es war so schön wie eine Beerdigung», antwortete Gabriel und drehte sich um.

Delègue, überrascht über die Reaktion, sah ihm nach, wie er sich entfernte und auf die kleine Julie zusteuerte, die sich ein wenig abseits von der Gruppe hielt. Pulp sprach sie mit sanfter, ein wenig ernster Stimme an.

«Kann ich dich zwei Minuten sprechen?»

Traurig schaute Julie den großen Typ mit den feuerroten Haaren wortlos an.

«Ich war der Patenonkel von Mathias», fuhr Gabriel fort, «und ...»

«Sie verlieren Ihre Zeit, ich habe keine Lust zu reden.»

«Dann hör mir einfach nur zu ... Beschränk dich darauf, mir zuzuhören», beharrte Gabriel, der alles versuchte, um die volle Aufmerksamkeit des jungen Mädchens zu gewinnen. «Ich werde mit offenen Karten spielen. Danach kannst du entscheiden, ob du mir antworten willst oder nicht.»

Er machte eine längere Pause, den Blick tief in die Augen der jungen Frau getaucht, bevor er mit noch leiserer Stimme weitersprach.

«In Wirklichkeit bin ich nicht der Pate von Mathias. Um ganz ehrlich zu sein, ich habe ihn niemals gesehen. Aber von der offiziellen Version der Umstände seines Todes glaube ich kein Wort, und ich wüßte gern, was sich dahinter verbirgt. Und schließlich die Antwort auf eine Frage, die du dir vermutlich stellst: Nein, ich bin kein Bulle.»

Julie machte den Mund nicht auf, doch Pulp meinte, ein leises Zögern wahrgenommen zu haben.

«Du bist die einzige, die mir helfen kann. Ich habe viele Fragen und keine Antwort darauf. Zum Beispiel, warum er ausgerissen ist. Und warum ...»

Gabriel konnte nicht weitersprechen. Er fühlte die Anwesenheit von Delègue in seinem Rücken.

«Wir fahren jetzt nach Hause, Julie. Auf Wiedersehen, Monsieur Granger. Danke, daß Sie für Mathias hergekommen sind.»

Gabriel reagierte mit einem unbestimmten Kopfnikken. Julie warf ihm einen letzten Blick zu, drehte sich um und folgte lahm ihrem Direktor, der schon auf die kleine Gruppe von Jugendlichen zusteuerte. Scheiße, dachte Pulp, seine einzige Chance, den Anfang einer Spur zu bekommen, entfleuchte ihm vor der Nase. Julie ging indessen nicht weiter. Sie blieb stehen. Er konnte ihr Zögern deutlich sehen, während Delègue seine Truppen um sich scharte. Schließlich drehte sich die junge Frau wieder um und pflanzte sich mit scheu gesenktem Blick vor ihm auf.

«Mathias ist nicht ausgerissen ... Jedenfalls nicht wirklich ... Er wollte einen Journalisten aufsuchen ... einen alten Freund seiner Eltern. Das ist alles, was er mir gesagt hat», gab sie mit erstickter Stimme von sich.

«Weißt du, wie er heißt, der Journalist? Weißt du, wo er arbeitet?»

Julie hob ihren Blick traurig zu Gabriel, zwei schwarze Perlen, die glänzten. Diesmal sah er deutlich die Tränen, die herausquollen und zwei glitzernde Spuren auf ihren Wangen hinterließen. Ihre Brust hob und senkte sich leicht im Rhythmus ihres Atems, den sie zu kontrollieren versuchte.

«Pierre, glaube ich ... Seinen Familiennamen weiß ich nicht. Die Zeitung, keine Ahnung ... Das ist alles, was ich weiß.»

«Julie», zischte Delègue.

Pulp wollte ihr noch eine letzte Frage stellen, aber Julie hatte sich schon umgedreht. Er sah ihr nach, wie sie um die Ecke einer Allee verschwand. Sie hielt sich ein wenig am Rande der Gruppe, ihre Silhouette stand in krassem Gegensatz zu den endlosen Reihen von grauen Gräbern.

Gabriel schlug den entgegengesetzten Weg ein und verließ den Père Lachaise. Seltsamer Name für einen Friedhof. Er hätte eher für Père Laplanche gestimmt. Die Liegenden waren an diesem Ort eindeutig zahlreicher als die Sitzenden. Er ging wieder die Rue de la Roquette hinunter und stellte voller Traurigkeit die Mutationen fest, die die Stadt dem Viertel aufzwang. Im Westen nichts Neues. Im Osten dagegen ... Er zog es vor, sich nicht bei dem Schauspiel aufzuhalten, das ihm die Hand des Menschen bot. Sogar die Kirche war auf der Höhe des Chors in zwei Hälften zerschnitten worden. Er hatte den Eindruck, eine gigantische Kreissäge habe auch auf die benachbarten Gebäude übergegriffen, so scharf und perfekt geradlinig war der Schnitt. Er ging zügig weiter. Erst nachdem er den Place Léon Blum überquert hatte, empfand Pulp etwas Unnormales. Zunächst nur ein flüchtiger Eindruck. Aber genug, um seine Sinne zu alarmieren. Man folgte ihm. Das sonderbare, ein wenig zu gezwungene Benehmen eines großen Kerls, der sich abrupt einem Schaufenster zuwandte, hatte seine Aufmerksamkeit geweckt. Er war plötzlich sicher, diesen jugendlich, aber nicht ausgefallen gekleideten Typen schon vor fünf Minuten, als er den Friedhof verließ, gesehen zu haben. Ohne sich irgend etwas anmerken zu lassen und ohne sich ein einziges Mal umzudrehen, ging er unbeirrt weiter. Er nahm sich Zeit, trödelte und betrachtete die üppigen Auslagen. Seine Vermutung bestätigte sich im Spiegel der Scheiben. Er sammelte noch eine zusätzliche Information: seine Verfolger waren zu zweit. Er hatte ganz deutlich gesehen, wie sie von einem Bürgersteig zum anderen, getrennt von den flüchtigen Schatten der Fahrzeuge, Blicke miteinander tauschten ... Möge der Spiegel zersplittern, wenn er sich irrte.

«Fein», murmelte Pulp für sich, «der Tag fängt gut an.»

Das stimmte. Just an dem Punkt, wo er schon aufgeben wollte, weil ihm nichts einfiel, wie er die Hindernisse überwinden sollte, bekam er endlich ein Echo auf seine Zweifel. Zunächst Julie. Dann diese beiden Männer. Sie in dem Straßengewirr um die Bastille herum abzuhängen, war für ihn ein Kinderspiel. Ein Spiel, das er Mathias gern beigebracht hätte.

7 Pulp mag keine Köter

«Ich sag's dir noch mal, dein Manuel Diaz y Sonstwas ist nichts anderes als ein Metzger, genau wie seine sämtlichen Kollegen. Und da bin ich verdammt ungerecht mit den Metzgern. Die kann ich wenigstens als Handwerker respektieren.»

«Madre de Dios!» entrüstete sich Pedro. «Wie kannst du nur so von dem großartigen Manuel Diaz Gonzalez reden? Der spirituelle Sohn von El Cordobés! Er handhabt die Muleta wie kein anderer. Bei jeder Faena erntet er die beiden Ohren und den Schwanz.»

«Den Schwanz, den sollte er lieber am Spieß gebraten fressen. Und seine *cojones* gleich mit ... Dann sähe er weniger idiotisch aus in seinem Paillettenkostüm in Kindergröße.»

So war es immer. Wenn Gabriel und Pedro sich trafen, gerieten sie sich erst mal in die Wolle. Diesmal war der Stierkampf Auslöser für ihr Wortgefecht. Gabriel machte es Spaß, den langjährigen Freund, der seinen Vater gut gekannt hatte, in die Enge zu treiben. Er behielt nicht immer das letzte Wort.

«Mein Sohn», hatte sich Pedro ein wenig beruhigt, «an dem Tag, wo du El Señor Miura vor dir hast ... Wenn er dich aus seinen kleinen, grausamen Augen anschaut und mit dem Huf aufstampft ... Wenn er alle seine Muskeln einsetzt und seine sechshundert Kilo rächend auf dich großen Grünschnabel schleudert ... Wenn du seine Hörner direkt auf dich zukommen siehst ... Da wäre ich gerne dabei, um deinen Hosenboden zu sehen. Aber auf mich brauchst du nicht zu zählen, ich wische dir den Hintern nicht ab, falls du noch einen hast. Denn an jenem Tag, das kannst du mir glauben, da wirst du endlich wissen, was das heißt, sich in die Hosen zu scheißen, und du wirst vielleicht ein bißchen mehr Anerkennung für die Matadore haben.»

Pedro hielt ein Weilchen inne, ließ seine dichten Brauen spielen und fügte hinzu:

«Aber freut mich, dich zu sehen ... Was führt dich her, *hijo de puta*, der nicht einmal die edelste Kunst meines Landes, nach Paëlla und Goya, respektiert? ...»

Der Streit war vorbei. Seit er die Buchstaben aufgeräumt hatte und die Linotype nur noch selten in Gang setzte, besserte der alte katalanische Drucker seine Rente von Zeit zu Zeit damit auf, Waffen und falsche Papiere an eine sorgfältig ausgewählte «Kundschaft» zu verkaufen. Gabriel stellte ihm keine Fragen über die Herkunft der Sachen. Er wollte nichts von der Vorgeschichte der Waffen wissen. Genausowenig wollte er das Ausmaß der Aktivitäten dieses braungebrannten, wettergegerbten Mannes kennen. Eine Art Apache mitten in Paris. Ohne Squaw noch Law. Er kam wirklich gern hierher in diese altertümliche Atmosphäre, wo es nach Blei, alter Druckerfarbe, staubigem Papier und dem Schweiß dieses Mannes roch, den er verehrte.

«Hast du was für mich, sagen wir mal, handlich, diskret und leicht?»

«Ich habe zwar eine Luger Automatic mit fünfzehn Schuß, aber die ist dir wahrscheinlich zu groß.»

«Bitte, Pedro, nichts, was von nah oder fern der dicken Berta ähnelt.»

Nachdenklich kratzte sich Pedro an seinem kahlen Schädel.

«Schade, sie ist wie neu. Das Problem ist, daß ich nichts Rechtes auf Lager habe. Und außerdem hast du zur Zeit einen ziemlichen Verbrauch an Ballermännern. Mir wäre es lieb, wenn du dran denken könntest, daß die Dinger keine Wegwerfrasierer sind ...»

Der Pulp antwortete nicht. Jedem seine Geheimnisse. Aber mit der Ballistik wollte er keinerlei Risiko eingehen. Seine zuletzt benutzte Knarre hatte er, nachdem er sorgfältig alle Fingerabdrücke entfernt hatte, in den schlammigen Wassern eines Flusses versenkt.

«Sonst hab ich da noch eine Beretta 9 mm Magnum, aber da garantiere ich nicht für den Abzug, der hat so seine Zicken. Die andern sind dann gleich viel kleiner, und Schrot ist auch wirklich zu leicht.»

«Na gut, gib mir die Luger ... Ich habe auch keine Lust auf eine Flinte mit grobem Salz.»

«Du wirst es nicht bereuen.»

Sie wurden handelseinig und tauschten die Waffe mit Munition gegen die üblichen zehntausend Francs.

«Dir ist hoffentlich aufgefallen, daß ich die Mehrwertsteuererhöhung nicht berücksichtigt habe», amüsierte sich Pedro und schob den Umschlag in die Gesäßtasche seiner Hose.

«Mag sein, aber Sommerschlußverkauf kennst du auch nicht», gab Gabriel zurück.

Die beiden umarmten sich herzlich. Auf der Türschwelle drehte Pulp sich noch einmal um.

«Nichts für ungut, Pedro, aber deine Toreros kommen mir doch allesamt vor wie kleine Schwuchteln mit zusammengekniffenen Arschbacken.»

«Hau ab, bevor ich dir zeige, wie ein echter Schwuler mit Entzugserscheinungen aussieht», muhte der alte Mann und mimte den letzten Angriff des Stiers.

Gabriel grüßte ihn äußerst ehrerbietig mit seiner Mütze, stieß ein schallendes Lachen aus und verschwand von der Bildfläche, indem er die Tür vor Pedros Fingerhörnern zumachte.

8 PULP mag keine Köter

«Gérard, hast du den Artikel über den Jungen aufbewahrt?»

«In der Zeitung von gestern?»

«Na ja, nicht in der von morgen!»

Gérard, einen Fuß in jeder Hand, Teller im Gleichgewicht, Hand darunter, Fuß darauf, hätte fast Gelee mit Soße auf die Gäste verschüttet, so plötzlich war Pulp hereingestürzt. Zugegeben, er war durch die Tür gekommen, aber so rasant, daß es den Herrn des Hauses aus dem Gleichgewicht gebracht hatte, wovon er sich nur mühsam erholte. Nicht weniger Mühe kostete es ihn zu begreifen, daß die leicht klebrigen Lippen von Gabriel soeben einen Winkel seiner Backe befeuchtet hatten. In zwanzig Jahren hatte er ihn nie geküßt. Niemand hatte es sich übrigens je erlaubt, Gérard zu küssen. Und schon gar nicht zur heiligen Stunde des Schweinsfußes, jener schweinischen Extremität, vergleichbar dem Omelett von Mutter Poulard, bevor die Touristen im Galopp den felsigen Abhang zu ihrem Lokal auf dem Berg gestürmt hatten.

«Du hast nicht mehr alle Tassen im Schrank, Pulp», entrüstete sich Gérard.

«Irrtum, das war in der vorangegangenen Episode», antwortete Gabriel. Er hatte sein letztes Abenteuer und die Härte des Lebens nur allzugut in Erinnerung, au! «Also, hast du ihn aufbewahrt, den Artikel?»

«Glaubst du vielleicht, ich würde mich damit amüsieren, alte Zeitungen zu sammeln? ... Aber du kannst ja mal in der Küche nachschauen. Wenn du Glück hast, hat Vlad noch nicht die Kartoffeln drauf geschält.»

Gabriel ließ es sich nicht zweimal sagen und begab sich an die magische Stätte von Gérards Geheimnis, das er sorgsam hütete. Er allein kannte die kleinen Tricks, die seine berühmten Schweinsfüße zu einem sublimen Erlebnis machten. Um nichts in der Welt, nicht einmal unter der Folter, würde er die Details des tradierten Familienrezepts verraten, mit dem er auch über die Grenzen des 11. Arrondissements hinaus bekannt geworden war.

«Ohne den Fuß wäre ich ein Krüppel ohne Beine oder im besten Fall einbeinig», pflegte Gérard jedem zu erzählen, der es hören wollte.

Und diesem Mann hörte man zu.

Gabriel stürmte also in die Küche. Vlad und Maria hatten eben mit dem Abwasch angefangen. Maria fuhr zusammen, als sie den roten Schopf ihres Lieblingsgastes sah.

«Was ist denn in dich gefahren? ... Hast du dich zum Kommunismus bekehrt?»

«Richtig geraten. Ich geh auf die KP-Zeitungs-Party.»

Vlad, der düstere Rumäne aus den Karpaten, musterte Gabriel aus dem Winkel seiner schwarzen Augen.

«Keine Angst, mein Freund, ich habe nicht vor, Poster und T-Shirts von Ceauşescu zu verkaufen.»

«Was führt dich her, Liebe meines Lebens?» lachte Maria.

«Dein Ehemann. Er hat mir gesagt, daß die Zeitung von gestern hier irgendwo rumfliegen müßte.»

«Mülleimer», artikulierte Vlad langsam und wies mit dem Kinn auf besagten Behälter.

Dieser quoll über von Resten aller Art. Gabriel stieß einen Seufzer aus, krempelte sich die Ärmel hoch und machte sich daran, die Abfälle zu durchsuchen. Er bewegte Knöchel und Knorpel und stieß schließlich inmitten der Widerlichkeiten auf das, was er suchte, einen großen Ball aus zusammengeknülltem Zeitungspapier, in dem Gemüseschalen eingewickelt waren. Das Ganze war, einmal geglättet, noch lesbar. Vor allem die Seite mit den Lokalnachrichten. Das war das Wesentliche.

«Willst du das auswendig lernen?»

Gérard hatte sein neuralgisches Zentrum betreten und Pulp vorgefunden, wie er, die Nase auf gleicher Ebene mit dem Abfall, mit dem Blick die nicht gerade frischen Neuigkeiten zu verschlingen schien. Dann betrachtete er das Chaos, das Gabriel verursacht hatte, und fügte hinzu:

«Heh, du Ferkel, hier wird man gebeten, den Ort so sauber zu hinterlassen, wie man ihn vorgefunden hat.»

Anstelle einer Antwort erhellte sich Gabriels Gesicht mit einem Fleischfresser-, um nicht zu sagen Aasfresser-Lächeln. In diesem Moment dachte Gérard, daß Pulp den falschen Spitznamen trug. Hyäne hätte zu diesem großen Kerl mit den spitzen Eckzähnen und der flammendroten Mähne besser gepaßt. Ach ja, übrigens, warum hatte er sich überhaupt die Haare rot gefärbt?

«Hast du eine Ahnung, Maria?»

«Absolut nicht.»

Gabriel faltete seinen Artikel zusammen, verstaute ihn sorgfältig in einer seiner vielen Taschen, beseitigte das übelriechende Durcheinander und verkündete:

«Gérard, zapf mir ein Mac Ewan, ich habe nicht jeden Tag das große Vergnügen, in deinem Müll rumzuschnüffeln.»

Der Pulp fühlte plötzlich, daß er gute zehn Zentimeter größer wurde. Die noch immer kräftigen Arme von Gérard waren schuld daran.

«Gab, du wühlst in meinem Müll rum, na gut. Du knallst mir in der Öffentlichkeit einen Kuß auf die Backe, auch das lass ich noch durchgehen, auch wenn's mir schwerfällt ... Aber wenn du darüber hinaus die Frechheit hast zu erwarten, daß ich dich bediene, also das ist zuviel. Du wirst mir schleunigst ein Glas Bourgogne Irancy eingießen, die angebrochene Flasche steht auf der Theke, und dann sehen wir mal, ob wir uns einigen. Und bei der Gelegenheit zapfst du dir dein Bierchen selbst. Auf Kosten des Hauses.»

Gabriel ließ sich das nicht zweimal sagen und verschwand hinter dem Tresen. Zwei schottische Dunkelbiere später und ohne auf Gérard oder ein paar andere Stammgäste näher einzugehen, verließ er das Lokal. Er pflanzte sich auf die nächste Bank, faltete die Doppelseite der Zeitung auseinander und versuchte, eine Bestandsaufnahme zu machen. Das Licht war ihm aufgegangen, als er den Friedhof verließ. Er hatte sich daran erinnert, einen Artikel überflogen zu haben, der von dem Selbstmord eines Journalisten handelte. Der Kerl hatte sich in seiner Wohnung mit einer 11.43er Kugel einen Teil seines Schädels weggeschossen. Und nun hatte Gabriel die Bestätigung seiner Annahme schwarz auf weiß vor sich ... Der tote Reporter trug den Namen Pierre Valette. Hatte Julie nicht von einem Journalisten namens Pierre gesprochen, den Mathias unbedingt aufsuchen wollte? War es möglich, daß die beiden Geschichten etwas miteinander zu tun hatten? Gewiß, Journalisten mit dem Vornamen Pierre gab es bestimmt massenweise in den Straßen der Hauptstadt. Aber seine Intuition sagte ihm, daß er auf der richtigen Spur war. Eine seltsame Übereinstimmung zumindest. Er beschloß, sich in die Bresche zu stürzen, die der Zufall vor ihm aufgerissen hatte.

«*Ein Messer ohne Klinge, dem der Griff fehlt.*»

Der Aphorismus von Lichtenberg paßte ihm ganz und gar nicht. Er hatte mit nichts angefangen und inzwischen schon so viele Elemente zusammengetragen. Daraus ließ sich ein Taschenmesser mit allem Schnickschnack basteln. Pulp fühlte, wie ihm Flügel wuchsen.

9 Pulp mag keine Köter

Der Artikel über den Selbstmord von Pierre Valette war kurz, aber ergiebig. Das Leben des Mannes war in knapp dreißig Zeilen zusammengefaßt. Junggeselle und kinderlos, hatte er sein Leben ganz dem Journalismus geweiht. Unabhängig und stolz darauf, verkaufte er seine Texte von Fall zu Fall gegen das beste Angebot. Minderheitenthemen waren lange Zeit sein bevorzugter Kampfplatz gewesen. In ihrem Namen hatte er gut zehn Jahre lang die Welt und insbesondere Afrika bereist. Dann hatte er mit dem Reisen aufgehört, zweifellos weil er es satt hatte, daß seine Alarmschreie genausoviel Wirkung hatten wie ein Furz auf dem Wachstuch. Von da an zog er den Rotwein dem Chinin vor und beschränkte sich auf Frankreich, wo er sich in politische Ermittlungen stürzte und ein boshaftes Vergnügen darin fand, Schwarzgeldkassen, obskure Finanzierungen und alle Arten von betrügerischen Kampagnen aufzustöbern ... Kurzum, Pierrot hatte seine humanitäre Ader nie ganz verloren und vergaß niemals, die Unterdrückten, Stummen und Hilflosen zu verteidigen. An Arbeit fehlte es ihm nicht. Er tat sie mit Besessenheit und Starrsinn, und immer mit einer persönlichen Note. Nie fehlten Humor und Zynismus in seinen unerbittlichen Artikeln. Und schließlich, schloß der Autor des Nachrufs, mußte man seinen Selbstmord als die letzte lange Nase verstehen, die er dem Leben machte. Diesem Leben, das er beharrlich Seite um Seite, Spalte um Spalte angeschwärzt hatte. *Leben heißt nicht überleben*, hieß die Überschrift seines letzten Textes, den er aus den Tropen mitgebracht hatte (seine Vorliebe galt dem Wendekreis des Krebses). Und das war es vermutlich auch, was ihn zu diesem Schritt veranlaßt hatte, dem Schritt in die ewige Ruhe.

Deo Gratias.

Gabriel brachte den größten Teil des Spätnachmittags damit zu, die Adresse des Journalisten zu suchen. Die Auskunft über Minitel – rote Liste verpflichtet – negativ. Das würde sich sobald nicht ändern, hatte Gabriel genörgelt. Dann erinnerte er sich an einen Mann, der so was wie ein Journalist zu sein vorgab, und so was wie ein Kumpel. Der sich gebrüstet hatte, den Who's Who des Berufsstandes zu kennen. Der Typ, ein kleiner Cholesterin-Pausback, durch und durch Infarktfleisch, hieß Michel mit Vornamen, wenn er sich recht erinnerte. Bei einem Besäufnis vor nicht allzu langer Zeit hatte er seine Visitenkarte gezückt, und Gabriel hatte sie höflich in seiner Brieftasche verstaut. Er erwischte ihn in seiner Wohnung, da er es eindeutig vorzog, ihn persönlich aufzusuchen, statt zu telefonieren.

«Ja?» fragte Michel und musterte Pulp, der seinen ganzen Fußabtreter ausfüllte.

«Tag, Michel!»

«Kennen wir uns?»

«Ja, erinner dich, vor ungefähr zehn Tagen ... In einer Bierkneipe.»

«Okay, ich kann dich einordnen ... Entschuldige, ich hatte nicht schlecht gepichelt ... Was führt dich her?»

«Die Wette.»

«Die Wette? Wir haben gewettet?»

«Allerdings, mein Junge. Und ich habe das Vergnügen, dir mitzuteilen, daß du verloren hast.»

«Verdammt, es wird wirklich Zeit, daß ich mit dem Saufen aufhöre. Gut, komm rein», fügte er hinzu und trat beiseite, um Gabriel Platz zu machen.

Gabriel trat in die Wohnung ein. Nebenbei bemerkte er, daß der Ort eine wahre Mädchenfalle war. Im Genre Junggesellenbude mit allem Schnickschnack, Drum und Dran war sie schwerlich zu übertreffen. Man riskierte eine Netzhautablösung, wenn man zu genau hinschaute.

«Also, die Wette, erzähl mal, ich bin ganz Ohr.»

«Die Trappisten, sagt dir das nichts?»

Pulp glaubte, Michels Neuronen in Aktion treten zu sehen, so heftig rollten seine Augen in den Höhlen.

«Warte mal, halt mal, wir haben doch hoffentlich nicht um Geld gewettet? Ich bin im Moment verdammt knapp bei Kasse ...»

«Dreitausend, aber keine Sorge, wir werden uns schon einig.»

Gabriel hatte aufs Geratewohl geantwortet, aber er sah schon, daß er erzählen konnte, was er wollte. Ganz offensichtlich erinnerte sich der Mann an gar nichts. War vermutlich einem Alkoholkoma nah gewesen in jener Nacht.

«Dreitausend Francs ... oh, ich Idiot! Und natürlich neue Francs, oder?»

Das kleine entschuldigende Lachen Pulps bestätigte es.

«Also», fuhr Gabriel fort, «ich habe gesagt, daß es in Europa nur sechs Sorten Trappistenbier gibt. Du hast steif und fest behauptet, daß die Trappisten mindestens ebenso zahlreich wären wie die Priester, die ihre Sutane abgelegt haben ... Und daß der Nudistenstrand von Montalivet-les-Bain nicht ausreichen würde für all ihre brünstigen Pimmel. Ich zitiere dich aus der Erinnerung, wohlverstanden ...»

«Oh, ich Idiot! ... Und?»

«Ich habe es nachgeprüft ... Es gibt tatsächlich nur sechs Sorten Trappistenbier. Chimay, Orval, Rochefort, Westmalle und West Vleteren», zählte er an den Fingern ab.

«Das sind ja nur fünf!»

«Fünf belgische. Das sechste ist holländisch, das Schaapskooi Trappist ... Sechs, keins mehr und keins weniger.»

«Meine Fresse, was für ein Idiot! ... Bist du dir ganz sicher?»

«In Wahrheit hast du nur das Trappistenbier mit dem Abteibier verwechselt ... Da muß ich dir rechtgeben, mit Leffe an der Spitze gibt es viele Sorten mehr, und in Montalivet ...»

«Reicht schon ...»

Michel musterte den riesigen, unheimlich ruhigen Kerl, der sich ein Lächeln nicht verkneifen konnte. Eine Art von angeborener Arroganz. Warum mußte dieser Typ bloß hier auftauchen und ihm den Kopf vollschwatzen von irgendwelchem Bier, das ihm absolut schnurz war? Er musterte gleichzeitig die Muskeln, die sich unter den Kleidern von diesem Spinner wölbten, und sagte sich, daß er gut daran tat, wachsam zu sein.

«Es tut mir wirklich leid, mein Freund, aber ... aber ich kann dich leider im Augenblick nicht bezahlen! ... Du weißt, wie das ist ... Die Krise, die Arbeitslosigkeit, die Steuern, eine alte Mutter ...»

«Hör auf zu jaulen ... Ich will ja gar kein Geld.»

Diesmal duckte sich Michel tief in die Ecke seines Canapés. Heutzutage, wo alles etwas kostet, machte ihm ein Typ ein Geschenk von dreitausend Francs. Das kam ihm krumm vor, um nicht zu sagen verdächtig.

«Und was willst du statt dessen?» entschloß er sich schließlich zu fragen, wobei er ein Stoßgebet an die Immaculata Confectio sandte, daß sein Gegenüber nicht ein S-M-Leder-Fetischist sein möge.

«Sagen wir, zwei oder drei kleine Informationen und Schwamm drüber, ich erlasse dir deine Schulden.»

«Was für Informationen?»

Gabriel las das Mißtrauen auf dem Gesicht seines

Gesprächspartners. Selbst die besten Freunde von Champollion konnten kein solches Gesicht gezogen haben, als er behauptete, er hätte die ersten Hieroglyphen entziffert. Dabei hatten sie jahrhundertelang Cheops und seine Mysterien angestarrt.

«Pierre Valette, sagt dir das was?»

«Valette, Valette ... Der Typ, der blöd genug war, sich ohne medizinische Unterstützung das Maul zu trepanieren?»

«Man kann dir nichts verheimlichen. Kennst du ihn, oder kennst du ihn nicht?»

«Vage. Dem Namen nach. Was willst du von dem Toten?»

«Zunächst mal seine Anschrift. Das Weitere werden wir sehen.»

«Die Adresse, das ist einfach ... Frag das Bestattungsinstitut. Okay, Alter, adieu ... Freut mich, dich wiedergesehen zu haben. Ich sage nicht bis bald, denn ich habe das Gefühl, ich muß eine Kur in Vittel machen ...»

Gabriel rührte sich nicht, während Michel vor ihm auf der Stelle trat.

«Eine Sekunde, Michou, ich glaube, wir haben uns nicht verstanden. Es ist kein Witz ... Ich will, daß du mir die Adresse von Pierre Valette rausfindest.»

«Meine Fresse, was bin ich für ein Idiot», versuchte Michel auszuweichen. «Und der Respekt vor den Toten ... und die Berufsehre, wie hältst du es damit?»

«Die steckst du dir in deine Unterhose und führst sie mit deinen Kumpeln in Montalivet-les-Bain spazieren. In der Zwischenzeit wirst du dich sputen, andernfalls sind die dreitausend Piepen fällig. Bar und ohne Verzug.»

«Aber ich weiß seine Adresse nicht ... Hier steht nicht France Telecom über der Tür!»

«Finde sie ... Bei deinen Beziehungen dürfte das nicht schwer sein. Und wenn du schon dran bist, versuch ein bißchen was über den Mann herauszufinden ... Woran hat er in letzter Zeit gearbeitet? War er depressiv? Fühlte er sich bedroht? Und so weiter, klar? Los, mach schon, schließlich ist das ja dein Job.»

Michel sträubte sich noch ein bißchen, aber angesichts der Entschlossenheit von Gabriel seufzte er und nahm den Hörer vom Telefon. Pulp drückte auf die Mithörtaste. Die Informationen, die er haben wollte, ließen nicht lange auf sich warten. Sie kamen aus dem Mund eines gewissen Albert, ein Journalistenfreund von Michel, der lange für die gleiche Zeitung gearbeitet hatte wie Valette. Daß letzterer eine Wohnung in der Rue de la Grangeaux-Belles bewohnt hatte, ließ Gabriel zusammenzucken. Es war die direkte Verlängerung der Rue de Lancry, wo Joseph Jourdain die Leiche von Mathias gefunden hatte. Albert wußte nicht genau, woran Pierre gearbeitet hatte. Er hatte ihn längere Zeit nicht mehr gesehen. Aber der Mann war auch ziemlich verschlossen gewesen und hatte niemals in anderer Form Informationen verbreitet als schriftlich mit seinen Artikeln. Feinde dürfte dieser Eigenbrötler notgedrungen gehabt haben. Man schuf sich schwerlich Freunde, indem man Abscheulichkeiten aufrührte. Schon gar nicht, wenn es sich um dreckiges Geld handelte. «Geld stinkt nicht» war für Valette dummes Zeug. Und Pierre Valette war laut Albert alles andere als manisch depressiv. Er war immer guter Stimmung gewesen und schien keine Launen zu kennen. Die Nachricht von seinem Selbstmord hatte ihn zutiefst überrascht. Er mußte sich wirklich in einem gewaltigen Schlamassel befunden haben, sich zu einem solchen Schritt hinreißen zu lassen ...

Dann legte Michel auf.

«Nun, zufrieden?»

«Großartig, Michel. Weißt du was, du hast selber das Zeug zum Journalisten.»

«Sehr witzig, aber jetzt verschwinde. Ich habe die Nase voll von deinem Quatsch.»

«Genau das hatte ich vor», sagte Gabriel und stand auf.

«Ach, übrigens, was willst du überhaupt mit diesen Informationen?»

«Gut, daß du mich fragst ...»

Gabriel hielt einen Moment inne und betrachtete Michel eisig. Dieses Großmaul flößte ihm keinerlei Vertrauen ein. Er entschloß sich, zu den eindeutigen Mitteln zu greifen und zog mit sicherer Hand die Pistole, die in seinem Rücken zwischen Jeans und T-Shirt schlummerte. Der Anblick der Waffe ließ Michels Wangen kalkweiß werden.

«Was ist denn in dich gefahren?» stammelte er zittrig und wich gut einen Meter zurück.

«Michel», sagte Pulp leise und spielte mit der Pistole, «daß wir uns richtig verstehen ... Du hast mich nie gesehen. Du hast nie von Pierre Valette gehört ... Nichts, du weißt rein gar nichts ... Und wenn dein Albert Soundso dir die geringste Frage stellt, sag ihm, er habe geträumt. Du hast übrigens auch geträumt. Okay?»

«Alles, was du willst, aber spiel bloß nicht verrückt ...»

«Das sind keine leeren Worte ... Beim kleinsten Furz wird die Welt viel zu klein für dich. Und wo immer du bist, ich finde dich ...»

«Meine Fresse, versprochen, ich kenne dich nicht ... Hab auch gar keine Lust, Typen wie dich zu kennen!»

Gabriel setzte für diese Gelegenheit sein schönstes Hyänen-Lächeln auf und verstaute die Waffe, da er der Meinung war, sein Gegenüber ausreichend eingeschüchtert zu haben.

«Gut so, Michel», schloß er und reichte ihm die Hand hin. «Und danke für alles.»

Michel nahm die Pranke, die sich ihm entgegenstreckte, mit spitzen Fingern. Dann schaute er zu, wie dieser wandelnde Alptraum sein Heim verließ. Den letzten Rat, den Gabriel ihm gab, hörte er kaum noch:

«Was deine Kur angeht, so würde ich dir eher Vichy empfehlen. Besser für die Leber.»

10 Pulp mag keine Köter

Ein neuer Abend brach über Paris herein. Ein Abend der Straßenlaternen. Ohne Mond. Selten ein Stern. Während des Tages hatten sich Wolken aufgetürmt zu einer dicken grauen Schicht, die auf Straßen, Mauern und Menschen lastete. Bei diesem Wetter, so hatte Gabriel festgestellt, umgab auch den schwärzesten Farbigen ein fader Schleier, der ihn ebenso anämisch aussehen ließ wie den gewöhnlichsten Weißen.

Einundzwanzig Uhr und ein paar Zerquetschte. Sein Magen ließ ihn wissen, daß der Augenblick gekommen war, wo er mit was Konkretem volltanken mußte. Pulp begab sich zu *Léon de Bruxelles* am Place de la République, um einen Topf Muscheln, einen Teller öliger Pommes Frites und ein Leffe zu sich zu nehmen. Weniger als eine Stunde später kam er wieder heraus. Er nahm den kürzesten Weg zum Canal Saint-Martin. Die Nacht verschluckte jeden seiner Schritte.

Das gelbliche Licht der Laternen spielte mit seinem beweglichen Schatten und ließ ihn größer und wieder kleiner werden, so daß er über die Gehsteigoberfläche zu kraulen schien. Bald darauf befand Pulp sich am Anfang der Rue de la Grange-aux-Belles. Sie führte in kalter Geradlinigkeit und schwach ansteigend bis zum Place du Colonel Fabien. Vor der Nummer 15 blieb Gabriel schließlich stehen, nachdem er zunächst noch ein Stück weiter bis zum Hôpital Saint-Louis gegangen war. Rundum machten die Zweibeiner sich rar, verweilten nicht in dieser trüben Nacht, die ihn umgab. Pulp nahm sich alle Zeit, um den Haustür-Code zu untersuchen. Fünf der Knöpfe trugen die Zeichen einer häufigeren Benutzung. Mit ein bißchen Glück war der Code seit längerer Zeit nicht verändert worden. Um die richtige Reihenfolge zu finden, ging er methodisch vor und probierte alle Kombinationen, die möglich waren. Eine nach der anderen. Im Kopf rechnete er aus, es waren hundertzwanzig. Genug, um Hornhaut an der Zeigefingerspitze zu kriegen. Er glaubte sich beinahe in die Sendung *Les Chiffres et les Lettres* versetzt. Zum Glück gab die Maschine zum Schutz des Privatlebens ihr Geheimnis preis, lange bevor er sämtliche Möglichkeiten ausprobiert hatte. Die Operation kostete ihn dennoch gut zehn Minuten. Lange genug, daß Gabriel fühlte, wie ihm Augen auf dem Rücken wuchsen. Im Eingang informierte ihn der Briefkasten, daß Pierre Valette in der vierten Etage wohnte. Er verschmähte den Aufzug und stieg die Treppe mit weitausholenden, leisen Schritten hinauf. Oben drückte er sein Ohr an die gepanzerte Wohnungstür. Alles schien ruhig. Zur Vorsicht klingelte er zweimal, um sich zu vergewissern, daß die Stätte tatsächlich verlassen war. Keine Antwort. Auch nicht von den Nachbarn. Er machte sich also an das Schloß, Marke Bricard. Es widerstand Pulps Dietrichfingern keine fünf Minuten. Im Geiste dankte er Onkel Emil, daß er ihm, in seiner Kindheit in der Eisenwarenhandlung der Familie, das Geheimnis der Schlosserei gezeigt hatte ... Ludwig XVI., selbst mit dem Kopf auf den Schultern, hätte es nicht besser machen können.

Pulp betrat die Wohnung und machte leise die Tür hinter sich zu. Die Diele lag im Dunkel, aber er zog es vor, nicht auf den Schalter zu drücken. Er holte seine Mini-Stablampe hervor und ließ sich von dem schmalen Lichtstrahl führen. Küche und Badezimmer ließ er zunächst aus, um Wohnzimmer, Büro und Schlafzimmer einer kurzen Inspektion zu unterziehen. Alles war aufgeräumt und von klinischer Sauberkeit. Nur das Bett war ungemacht. Ein Koffer lag darauf, gefüllt mit femininen Habseligkeiten. Gabriel beschloß, seine Vorsicht zu verdoppeln, denn der Ort, vor allem hinter den Kulissen, konnte nicht ganz so unbewohnt sein, wie er zunächst geglaubt hatte. Ihm fiel ein, daß er an der Tür kein polizeiliches Siegel vorgefunden hatte, was normalerweise bei einem unnatürlichen Tod der Fall war. Er wollte nicht länger hierbleiben als unbedingt nötig, und ging ins Arbeitszimmer zurück, wo er die Vorhänge so dicht wie möglich zumachte, bevor er das Licht anknipste. Es war ein echtes Arbeitszimmer. Ali-Baba-Höhle der Kybernetik. Sämtliche modernen Techniken, das neueste Computermodell, Fax, Modem, CD-Rom, Telefone und Anrufbeantworter neben dem Althergebrachten: Regale, die von anarchisch aufgestapelten Büchern überquollen, und ein schöner, alter Schreibtisch aus massiver Eiche, der wohl schon Generationen von spitzen Federn gedient hatte und aussah, als sei er von den Seelen seiner Eigentümer durchtränkt. An den Wänden ein paar zeitgenössische, ziemlich krasse Bilder. Als habe der Journalist sein Blickfeld mit dem ganzen Elend der Welt durchsetzen wollen. Und dann eine Fotografie. Die Reproduktion einer Fotografie. Gabriel kannte sie. Das absolute Grauen. Ein Militär, der General Nguyen Ngoc Loan, Polizeichef von Saigon, jagt einem mutmaßlichen Vietkong, der die Hände auf dem Rücken gefesselt hat, eine Revolverkugel in den Kopf, unter den gleichgültigen Blicken von ein paar anwesenden Militärs. Auf der einen Seite kalte Entschlossenheit, als ginge es um Vernichtung von Ungeziefer; die Unnachgiebigkeit dessen, dem das Gesetz zur Seite steht. Der Krieg als Pflicht. Auf der anderen die Angst, die Erwartung des Schmerzes, das halbe Gesicht zu einem vollkommen verkrampften Grinsen verzerrt. Noch zwei Sekunden zu leben, für immer festgehalten. Noch drei Sekunden auf den Beinen. Der Tod live. Gabriel hatte sich immer gefragt, wie ein gesunder Mensch ein solches Foto machen konnte. Gewiß, die öffentliche Meinung hatte sich beim Anblick des meisterhaften Schnappschusses in der eigenen Kotze gewälzt. Aber, verdammt noch mal, an jenem Tag hatten zwei Mörder gewütet. Einer über den Umweg des Fotoapparats. Das Auge an das tiefenscharfe Objektiv gepreßt, hatte er es nicht fertiggebracht, stop zu schreien. Edward T. Adams hatte sich darauf beschränkt, seine Linse auf das zu richten, was gleich nur noch eine gelbe Straße wie so viele andere wäre, was ihm jedoch, im Zeitraum eines Sterbens, zu höchsten Ehren verhelfen sollte, dem Pulitzerpreis.

Gabriel hatte einige Mühe, den Blick von dem Bild abzuwenden. Im Zimmer waren natürlich sämtliche Spuren des Selbstmords beseitigt worden, aber Pulp fragte sich, wie Pierre Valette vor einem solchen Foto die Lust, dic Kraft und den Willen, die Feigheit oder auch nur den Mut gehabt haben konnte, auf den Auslöser zu drücken. Er krümmte seinen Finger an einer imaginären Waffe und dachte, in einem solchen Fall bekam man nicht nur einen Reflex, sondern automatisch einen Krampf. Diese so banale, scheinbar unbedeutende Geste zeigte hier ihre ganze Tragweite.

Zettel, Akten und Artikel beschäftigten ihn geraume Zeit. Vergeblich. Gabriel fand nicht den allerwinzigsten Hinweis, der ihn in seinen Nachforschungen vorangebracht hätte. Dann ließ er seinen Finger über die Bücherrücken wandern. Nach wie vor nichts. Außer den Aphorismen von Lichtenberg:

«Ich habe Mühe und Öl und eine gute Menge Talg oben drein über der Sache verloren, und nichts ausgerichtet.»

Am Ende schaltete er den Macintosh ein. Der Ventilator des Geräts begann leise zu schnurren. Gabriel klickte zweimal auf das Icon der Festplatte und wartete, bis das Fenster sich öffnete: Abgesehen vom Systemordner war der Computer leer. Kein einziger Text.

«Was ist das für eine Scheiße?» konnte Pulp sich nicht verkneifen zu murmeln.

Aber er kam nicht dazu weiterzudenken. Das Telefon ließ ihn zusammenschrecken. Beim zweiten Klingeln setzte sich der Anrufbeantworter in Gang. *«Une tourniquette pour faire la vinaigrette ...»* und im Anschluß an die säuerliche Stimme von Boris Vian: «Guten Tag. Ich bin im Augenblick nicht zu erreichen, hinterlassen Sie mir eine Nachricht, ich rufe zurück.» Ein Piepton. Dann eine Männerstimme: «Maryline, hier ist Gilbert. Wo steckst du bloß? Ich suche dich überall. Also, ruf mich an, ich bin zu Hause.» Danach hörte Gabriel das Geräusch, wenn der Hörer aufgelegt wird. Er seufzte, schaltete den Computer aus und warf einen letzten Blick auf das Foto von Adams, bevor er das Licht ausmachte. Er kehrte ins Schlafzimmer zurück, inspizierte sorgfältig den Nachttisch, fand aber auch diesmal nichts Aufschlußreiches. Und in dem Augenblick hörte er, wie sich ein Schlüssel im Schloß der Wohnungstür drehte. Im Strahl seiner Stablampe und mit wild klopfendem Herzen suchte Pulp nach einem Ort, wo er seine Einmeterfünfundachtzig verstecken konnte. Der Kleiderschrank schien ihm zu klein. Flüchten? Die Anordnung der Wohnung gab ihm kaum eine Chance, ungesehen zu verschwinden. Nicht einmal eins zu tausend. Der Lichtstrahl strich über die Vorhänge, die ihm höchstens als Feigenblatt hätten dienen können. Schließlich zwängte er sich unter das Bett. Dort war er am wenigsten zu bemerken. Es war auch am bequemsten. Er brauchte nur abzuwarten. Wenn er sich langweilte, konnte er sich mit den Teppichmilben unterhalten.

11 PULP mag keine Köter

Unter dem Bett verborgen, kam Gabriel sich vor wie ein verschreckter, in einem schlechten Schwank gefangener Liebhaber. Gleichwohl achtete er auf die kleinsten Geräusche und Bewegungen desjenigen oder besser gesagt derjenigen, zweifellos der besagten Maryline, die die Wohnung betreten hatte. Im Schutz des Bettüberwurfs konnte er, wenn er den Kopf zur Seite drehte, sehen, was sich im Schlafzimmer und in einem Teil des Flurs abspielte. Bislang war das Bild uninteressant. Sie hatte es nicht eilig, zu den Träumen und Alpträumen zurückzukehren. Dann erhaschte er einen Blick auf einen schwarz gekleideten weiblichen Schatten, der sich zum Schreibtisch bewegte. Alles, was er im Vorbeigehen feststellen konnte, war, daß die Frau eher jung und hübsch zu sein schien. Er fühlte, wie ihm das Blut heftig in den Halsadern pochte. Die Frau schaltete den Anrufbeantworter ein, und Gabriel hörte undeutlich die Nachrichten ablaufen.

Gut fünf Minuten verstrichen, die Pulp wie eine Ewigkeit vorkamen. Sein Gehirn lag im Winterschlaf, er war außerstande, nachzudenken oder den geringsten Plan auszuhecken, der ihm erlaubt hätte, aus diesem Schlamassel zu entkommen. «Was bin ich doch für ein Idiot ...» war alles, was ihm einfiel, in einer Schleife, um sich wirklich davon zu überzeugen. Dann sah er sie mit einem kabellosen Telefon ins Schlafzimmer kommen. Ein Schuh fiel zu Boden. Ein zweiter folgte, hüpfte und landete zehn Zentimeter vor Gabriels Nase. Er fühlte, wie die junge Frau sich auf dem Bett niederließ, und sämtliche Sprungfedern schepperten wie schrille Glocken in seinem Kopf. Die Frau hatte seine Gegenwart nicht bemerkt. Sie war zu sehr in ihr Telefongespräch vertieft.

«Hör zu», gab sie mit müder Stimme von sich, «glaubst du vielleicht, mir macht das Spaß? ... Nein, weiß ich nicht ... bis ich das Gröbste geregelt habe ... Mama ist zu verstört. Sie ist unfähig, irgendwas zu tun. Sie sagt immer nur, daß ihr geliebter Sohn ihr das doch nicht antun konnte ... Und die andern Alten im Altersheim werden ihr auch nicht gerade Mut machen ... Wie Bitte? ... Und ich? ... Meinst du vielleicht, ich hätte mir das ausgesucht? ... Hm ... Ja, ja, ich weiß deinen Trost zu schätzen … Und wo warst du während der Beerdigung? … Genau, dein Job ist eben dein Job!»

Gabriel spitzte die Ohren. Ihm entging kein Fetzen des Gesprächs. Der Typ war offensichtlich höllisch eifersüchtig und hackte auf ihr herum, damit sie so schnell wie möglich an den heimatlichen Provinzherd zurückkehrte. Doch das Mädchen, deren Stimme und Ausdrucksweise ihm gefielen, blieb eisern. Am Ende fügte sie hinzu:

«Maryline, Maryline. Laß mich doch endlich in Ruhe. Du gehst mir langsam auf den Wecker. Schließlich ist es mein Bruder … Auch wenn wir uns nicht oft gesehen haben, heißt das nicht, daß ich ihn nicht geliebt habe … Ja, natürlich, du hast recht, du liebst mich auch … Aber ich merke es nicht richtig, und im Augenblick muß ich gestehen, daß es mir so, aus der Ferne, am liebsten ist!»

Daraufhin knallte sie den Apparat auf den Nachttisch. Die Bewegung ließ die Sprungfedern wieder schmerzhaft quietschen.

«Der Drecksack, was für ein Drecksack … Wie kann man nur mit so einem Drecksack zusammensein?»

Der Meinung war Gabriel auch. Einige Zeit verstrich, er hielt den Atem an. Er glaubte nur wahrzunehmen, daß diese Maryline, die nur wenige Zentimeter entfernt war und deren Formen in angenehmer Weise einen Teil der Matratze eindellten, nun geräuschlos weinte. Tränen, die schnell trockneten. Plötzlich stand sie wieder auf.

Pulp sah zunächst zwei schlanke, bestrumpfte Fesseln und Füße Größe 37/38. Das Ganze wurde abrupt verdeckt von dem brutalen Fall eines Kostümrocks. Gabriel vergaß sehr schnell das Bier des Nachmittags einschließlich des letzten Leffe, das eindeutig anfing, seine Blase zu kitzeln, und fühlte ein anderes Kribbeln, das seine genitalen Bereiche befiel.

Dazu ging die Show auch noch weiter.

Die Unterhose, mit feinen Spitzen besetzt (und zweifellos mit ein oder zwei Schamhärchen, die dem herbstlichen Entblättern geopfert waren ... das jedenfalls dachte er), beschrieb eine hübsche Arabeske, von der Pulp nur die endgültige Landung auf dem Teppichboden sehen konnte. Das Verschwinden eines Schuhs unter einem schwarzen T-Shirt bemerkte er kaum. Doch der weiße BH, Größe 90 B, über den Daumen gepeilt, fesselte seine Aufmerksamkeit. Maryline legte ihn mit leichter Hand auf den Rock. Dann setzte sie sich auf die Bettkante, und diesmal nahm Gabriel die Sonate für Sprungfedern nicht einmal wahr, die das Hinterteil der Dame orchestrierte.

Die Stunde des Strumpfes hatte geschlagen.

Gefährliches Unterfangen. Laufmaschenrisiko. Fingerspitzengefühl und Raffinesse in einer Welt, wo der Fingernagel Fallbeil ist. Maryline erledigte die Aufgabe mit Perfektion. Geschickt rollte sie die Seide und enthüllte vor Gabriels Augen feste, leicht gebräunte Waden und an deren Ende hinreißende, wundervoll gepflegte Füße ... Und trieb das Laster mit dunkelrot lackierten Fingern bis zu dem Punkt, wo der vollständig gelähmte Pulp außerstande war, sich auch nur seiner Adresse zu erinnern.

Mama mia, dachte Gabriel, der plötzlich eine italienische Seele, das Haar vom Blitzstart seines Ferrari zerzaust, in sich entdeckte. Dann betete er zu dem Betthimmel über sich, daß die Schöne eine ordentlich heiße, von Sorgen befreiende Dusche nehmen würde. Dann hätte er jede Menge Zeit, sich diskret zu verkrümeln. Und danach, wer weiß, könnte er wiederkommen und an die Tür klopfen und sich Maryline in korrekter und vor allem weniger überraschender Weise vorstellen. Doch es sollte anders kommen. Gabriel hatte vergessen, daß er gegen gewisse Textilien allergisch war (namentlich der Niesreiz erregende Bettüberwurf aus Lurex bei Cheryl), und konnte das gewaltige Niesen nicht aufhalten, das er aus seinem Innern aufsteigen fühlte. Ein echtes, volltönendes, donnerndes «Hatschiii» erschallte, das er zu dämpfen versuchte, indem er sich brutal die Nase zuhielt, und das seinen Schädel grausam gegen den Bettrost schleuderte. Ein ganz und gar echtes Getöse, dröhnend und schallend, das nicht unbemerkt bleiben konnte. Maryline sprang auf und stieß einen Schrei aus. Gabriel überlegte blitzschnell, was er sagen könnte. Mit belegter Stimme gab er den erstbesten Spruch von sich, der ihm in den Sinn kam:

«Äh, ziehen Sie sich was über, ich komme raus.»

Er setzte es gleichzeitig in die Tat um und begann, über den Teppichboden zu robben. Sein Kopf kam als erstes zum Vorschein. Verhängnisvoller Irrtum. Ein Schuh, den Maryline hastig aufgelesen hatte, landete direkt in seinem Gesicht.

«Wer sind Sie? Was tun Sie hier? Rühren Sie sich nicht, oder ich schreie!»

«Immer mit der Ruhe ... Ich tue Ihnen nichts ... Ich werde es Ihnen erklären», fügte Pulp hinzu und rieb sich sein schmerzendes Gesicht.

Die schöne Maryline vergaß ihre ganze Scham, aber sie ließ sich nicht besänftigen. Behende sammelte sie den Schuh wieder ein, und mit überraschender Kraft packte sie Pulps roten Schopf und zog ihn nach hinten, so daß sein Nacken an der Bettkante blockiert war. In der anderen Hand hatte sie den Schuh und hielt den

Absatz über Gabriels Stirn. Der saß in seiner Rattenfalle fest und konnte sich kein bißchen bewegen. Er hielt es für angebracht, die Initiative zu ergreifen.

«Sie sind schön, wissen Sie ... Die Nacktheit steht Ihnen gut, und die Wut ebenfalls!»

«Halt's Maul ... Wer bist du? Was machst du hier?»

Sie war nah an der Hysterie. Pulp wollte die Atmosphäre entspannen.

«Wie Sie feststellen können, arbeite ich für die Teppichindustrie und ...»

Weiter kam er nicht. Er hatte bemerkt, daß der vom zitternden Arm der Dame geführte Absatz zum Schlag ausholte. Wenn er in diesem Ton weiterredete, riskierte er, skalpiert zu werden.

«Ich ermittle ... über den Tod Ihres Bruders!»

«Wieso den Tod meines Bruders? Was ist dran an dem Tod meines Bruders?»

«Ich bin der Meinung, daß es kein Selbstmord war.»

Als er sah, daß es ihm gelungen war, die junge Dame ins Wanken zu bringen, fuhr er fort:

«Aber es ließe sich vielleicht eine bequemere Stellung finden, um darüber zu reden ... Ich tue Ihnen nichts, ich schwöre es. Hier, nehmen Sie das, wenn es Sie beruhigt», fügte er hinzu und hielt ihr am Lauf die Luger hin, die er unter schmerzvollen Verkrümmungen hervorgeangelt hatte.

Maryline musterte eisig den Mann und dann die Waffe. Sie nahm sie nicht in die Hand.

«Das können Sie behalten. Ich kann damit nicht umgehen», sagte sie, ließ Pulp los und entledigte sich ihrer improvisierten Waffe.

Während Gabriel mühsam unter dem Bett hervorkroch, zog Maryline einen Morgenmantel über, der ihre Formen wundervoll nachzeichnete.

«So ist es besser, so können wir uns leichter unterhalten», sagte Gabriel leise.

Zum erstenmal erhellte ein winziges Lächeln für einen kleinen Moment Marylines Gesicht. Gabriel war beeindruckt, wie fabelhaft sie ihre ungefähr dreißig Jahre trug. Ihr langes schwarzes Haar bildete einen Kontrast zu ihrer durchscheinenden Haut. Ihre grünen Augen waren lebhaft und durchdringend. Ihr Mund lud zum Küssen ein. Und was ihren Körper betraf, zog er es vor, nicht mehr daran zu denken, weil es ihm unnötig schien, sich in diesem Augenblick selbst zu kasteien.

«Zuerst möchte ich hoffen, daß Sie mich entschuldigen ...»

«Sparen Sie sich das. Sie sprachen von dem Tod meines Bruders?»

«Ihr Bruder, ja ... Es tut mir aufrichtig ...»

«Ersparen Sie mir auch Ihr Beleid ... Seit zwei Tagen rivalisieren die Leute mit Dummheiten, um die richtige Formel zu finden, die mich trösten soll, und ich hab die Nase gestrichen voll davon!»

«Gut», gab Gabriel zu, «das Problem ist, daß ich nicht den geringsten Beweis für meine Behauptung habe.»

«Das ist ganz normal für einen Bullen!»

«Ich bin kein Bulle.»

«Um so besser. Weiter!»

Während Pulp überlegte, von welcher Seite er das Problem angehen solle, produzierte er ein winziges Lächeln. Er wollte ihr nicht alle Einzelheiten enthüllen. Und um ehrlich zu sein, wollte er die Geschichte von Mathias nicht mit der von Valette vermengen. So oder so hatte er nichts als Vermutungen.

«Ich habe nichts als Vermutungen. Aber wenn Sie

meine Meinung wissen wollen, so hat Pierre nicht Selbstmord begangen ... Sagen wir, wenn, dann hat man ihm dabei geholfen!»

«Was bringt Sie dazu, das zu sagen?»

«Ihr Bruder, wie soll ich sagen – hat er seinen Computer viel benutzt?»

«Er schwor darauf.»

«Haben Sie seinen Macintosh eingeschaltet, seit Sie hier sind?»

«Nein, warum?»

«Die Festplatte ist völlig leer. Sie können nachschauen, es ist rein gar nichts mehr drauf.»

«Na und?»

«Glauben Sie, daß ein Mann, der die Absicht hat, sich eine Kugel in den Kopf zu jagen, die vorrangige Sorge hat, sämtliche Spuren seiner Arbeit zu beseitigen?»

«Er hatte vielleicht Sachen zu verstecken!»

«Er hatte vermutlich welche zu zeigen. Erscheint Ihnen das nicht eher normal für einen Journalisten?»

«...»

«Und selbst wenn Sie recht hätten, hätte er doch nur das Kompromittierende beseitigt. Und noch etwas ...»

«?»

«Die Fotografie ... Das Foto, das über seinem Schreibtisch hängt ... Wundert Sie das nicht?»

«Was meinen Bruder betrifft, so wundert mich gar nichts!»

«Versetzen Sie sich an seine Stelle. Würden Sie die Kraft finden, auf den Auslöser zu drücken, wenn Sie als einziges Gegenüber dieses Bild hätten?»

Maryline antwortete nicht, sondern bückte sich, um die Kleider aufzusammeln, die am Fußende des Bettes aufgehäuft lagen. Sie knüllte sie zu einer festen Kugel zusammen und legte sie auf den Koffer. Dann schaute sie Gabriel fest in die Augen, und er versuchte nicht, ihr auszuweichen.

«Warum machen Sie das alles? ... Ich meine, warum stecken Sie Ihre Nase in etwas, womit offenbar alle Welt sich abgefunden hat, ich an erster Stelle? ... Lieben Sie es so sehr, in der Scheiße zu wühlen?»

«...»

«Was wollen Sie wirklich?»

«Wenn ich das wüßte ...»

«Für wen arbeiten Sie?»

«Zunächst einmal nicht für Sie ... Offengestanden arbeite ich für mich. Ich arbeite immer nur für mich. Vielleicht, um mit meinem Gewissen in Frieden zu sein, oder damit mein Gewissen mich in Frieden läßt ... Ich weiß es nicht genau.»

Maryline muckste nicht. Sie beäugte nachdenklich diesen großen Kerl mit den tolpatschigen Bewegungen, der vor ihr stand. Der seinen Ballermann in der einen Hand und seine Mütze in der anderen Hand hielt. Sie trat einen Schritt auf ihn zu.

Zwei Schritte.

Drei Schritte. Direkt vor Pulp stellte sie sich auf die Zehenspitzen, um auf seiner Höhe zu sein.

«Und Sie sind nicht manchmal müde?»

«Wie bitte?»

«Na, ich will sagen, all diese einzelgängerische Arbeit, erschöpft Sie das nicht sehr?»

Gabriel sah die Falle zu spät kommen. Marylines Lippen hatten sich auf seine gedrückt. Er streckte die Waffen ohne die geringste Gegenwehr. Und er kam um vor Lust, in diese Falle zu tappen.

Pulp hatte sich auf der ganzen Linie vertan. Es war keine Falle, sondern ein echter Hinterhalt. Für ein trauerndes Schwesterchen war sie echt niedergeschmettert, die Maryline. Sie wußte ihren Kummer zu ersäufen. Oh, nichts Exzentrisches. Weder selbstmörderische Verrenkungen (das Wort war übrigens unglücklich gewählt) noch extreme Purzelbäume von der Art ‹nimm mich auf der Balkonbrüstung und Pech, wenn wir abstürzen› (dieses Wort paßte dafür um so besser). Also, keine sportlichen Großtaten, noch außergewöhnliche Akrobatik. Nicht einmal etwas besonders Gewagtes. Finger weg von Lebensmitteln. Das norwegische Omelett konnte im Kühlschrank auf das Heißmachen warten. Und auch nichts, was die Zensur alarmiert oder Anlaß zu Gerede gegeben hätte. Nein, wesentlich heimtückischer. Lampen aus. Umständegerechtes Halbdunkel hüllt die schimmernden Leiber ein. Klassisch. Sanft. Zärtlich.

Aber dennoch Sex.

Inbrunst vermischter Düfte. Geschleck allüberall. Liebkosen, soviel das Herz begehrt. Taktile Taktik. Und der sensuelle Konsensus.

Das alles hätte Pulp denken können, wäre er nicht völlig damit ausgelastet gewesen, sein Begehren direkt in Marylines Herz zu graben. Er dachte nicht mehr. Er vibrierte crescendo. Ein Strudel der Lust riß ihn mit. Und er glaubte zu verstehen, daß es gegenseitig war. Daß Maryline in dieser Umarmung auf ihre Kosten kam.

Im Anschluß erschien ihm alles viel verschwommener. Sie hatten sich erschöpft aneinandergekuschelt. Schweigend. Dann war Marylines Atmen langsam ruhiger geworden und schließlich ganz regelmäßig. Und Gabriel hatte sich, Fingerspitzen auf Brustspitzen, vom Schlaf davontragen lassen.

Als er die Augen wieder aufschlug, flutete Licht ins Schlafzimmer. Maryline war schon aufgestanden. Er rekelte sich wollüstig. Er hatte schon lange nicht mehr so gut geschlafen und erinnerte sich nicht, irgend etwas geträumt zu haben. Da erschien Maryline ungezwungen in ihrem Morgenmantel im Zimmer.

«Guten Morgen, gut geschlafen?»

«Wunderbar. Ich habe das Gefühl, einen Brunnen ohne Boden durchtaucht zu haben.»

Sie setzte sich auf die Bettkante und schaute ihn lächelnd an. Gabriel wollte sie in die Arme nehmen, aber sie entschlüpfte ihm.

«Langsam, nicht vor dem Frühstück.»

Sie musterte ihn einen Moment, ohne etwas zu sagen, dann fügte sie hinzu:

«Also, was zieht ein Pulp vor? Tee oder Kaffee?»

Gabriel schrak zusammen und sprang mit einem solchen Satz aus dem Bett, daß er sich am Boden wiederfand und unterwegs alles mitgerissen hatte. Das heißt, nicht allzuviel. Nur eine Bettdecke war dem Schlachtfeld der Liebe entkommen.

«Was hast du gesagt?»

«Oder lieber Schokolade?»

«Nein, wie hast du mich eben genannt?»

Maryline schien ein boshaftes Vergnügen daran zu finden, mit Gabriel Katz und Maus zu spielen. Ihr Tonfall war scherzend und völlig locker. Mit perverser Harmlosigkeit hantierte sie im Zimmer herum.

«Pulp, warum? Heißt du nicht so?»

«Woher weißt du, daß man mich so nennt?»

«Weiß nicht, du siehst so aus, als ob du so heißt! ... Außer ... Ja, wenn man sich noch ein oder zwei Algen auf deinem Schädel dazudenkt, dann ist die Ähnlichkeit vollkommen!»

«Laß den Quatsch, Maryline, das ist überhaupt nicht komisch ... Woher weißt du das?»

«Überleg mal.»

Das tat er natürlich und mit Volldampf.

Pulp! Selbst wenn sie in seinen Taschen rumgeschnüffelt hatte, konnte sie nicht wissen, daß er diesen Spitznamen trug, der Gérard und seinen Stammgästen vorbehalten war. Also hatte sie entweder seherische Fähigkeiten, war die heimliche Tochter von Nostradamus und Madame Soleil (die im Vorbeigehen von ihm einen kräftigen Tritt in den Doppelmond erhalten hätte) oder ...

«Hab ich im Schlaf geredet?»

«Ja, kann man sagen ... in gewisser Weise ...»

Pulp machte Augen wie ein Bismarckhering, ein krasser Gegensatz zu den Spottdrosselaugen von Maryline.

«Nein, du hast doch nicht etwa ...»

«Doch, entschuldige ... Berufskrankheit.»

«Und was ist dein Beruf?»

«Ärztin. Spezialisiert auf Hypnose. Aber keine Angst, alles, was du gesagt hast, bleibt unter uns. Der Eid des Hippokrates verpflichtet ... Na ja, alles, was mich nicht betrifft.»

Gabriel nahm sich Zeit, die Situation zu analysieren. Daß es ein Bluff war, schloß er aus. Das mit dem Spitznamen war zwingend. Blieb nur herauszufinden, was er wohl in dieser verdammten Nacht erzählt haben mochte. Seine einzige Erinnerung war, der Reihe nach, das Vergnügen und dann ein schwarzes Loch.

«Du fragst dich, was ich dich wohl habe erzählen lassen, ja?»

Gut gespielt, Marylou, ins Schwarze getroffen, dachte Pulp.

«Nein», log er. «... Ich bin sowieso nicht besonders redselig.»

«Bei einem Waisenkind ist das nicht verwunderlich!»

Das Miststück!

«Da irrst du dich, ich bin kein Waisenkind!»

«Ja, ich weiß, Onkel Emil und Tante Marie-Claude. Aber sie sind auch tot, nicht wahr?»

Gabriel zog einen meterlangen Flunsch. Es war unerträglich, daß es diesem Mädchen in einer einzigen Nacht gelungen war, ihm seine Geheimnisse zu entlocken. Unterdessen näherte sie sich Gabriel und strich ihm zart durchs Haar.

«Jedenfalls hat Cheryn, Cheryl, ich weiß nicht mehr genau, du hast es nicht sehr deutlich ausgesprochen, jedenfalls hat sie gut daran getan, deine Haare rot zu färben ... Steht dir echt gut.»

«Stop! ... Hör auf, ich ergebe mich», sagte er und hob die Hände in die Luft.

Und nutzte dies sogleich aus, um Maryline zu umklammern. Er kippte sie auf die Matratze und begrub den Körper der jungen Frau unter dem seinen. Sie versuchte sich zu wehren, aber es gelang ihr nicht, diesen Mann abzuwälzen, der mit seinem ganzen Gewicht auf ihr lag.

«Laß mich los, du erdrückst mich, laß mich!»

Seiner sicher, zumindest seiner Kraft, weniger seines Deodorants, gab Gabriel nicht nach.

«Ich habe auch Mittel, dich zum Sprechen zu bringen, kleines Mädchen», sagte er mit dem Akzent eines Kino-Nazischergen. Dann fügte er, wieder ernst, hinzu: «Also, raus mit der Sprache!»

Statt einer Antwort grub Maryline, die Tigerin, ihre Fingernägel in seine Handgelenke. Sie versuchte ebenfalls, in seine Lippen zu beißen, aber er war schnell genug und wich um gute zehn Zentimeter zurück.

«Was habe ich dir gesagt? ... Oder besser: Was habe ich dir nicht gesagt?»

Gabriel hatte alles vorgesehen, mit Ausnahme von zwei Sachen. Erstens, daß sich unter seinem Druck ihr Morgenmantel völlig geöffnet hatte. Und zweitens, daß der neue Tag ihm neue Kraft verliehen hatte.

«Also los, stell mir doch noch ein paar Fragen, ich liebe das», gab sie tückisch von sich, während sie sich wandt, um eine bequemere Lage zu finden.

Aber Pulp wußte schon nicht mehr, was er fragen wollte. Er ließ ihre Bäuche reden. Aber trotzdem hörte er nicht auf, die junge Frau anzuschauen, und dachte an den Aphorismus:

«*Neue Blicke durch die alten Löcher.*»

Gegen Mittag ging Gabriel mit fiebrigen Augen wieder die Rue de la Grange-aux-Belles hinunter. Der Himmel war ungefähr genauso geteilt wie die Wählerschaft von Jospin und Chirac. Eine knappe Mehrheit von Graublau war dem Weiß der Wolken überlegen. Aber die Brise war stark genug, die Tendenz umzukehren. Pulp schlenderte am Kanal entlang und versuchte eine Bestandsaufnahme. Mit Maryline Liebe zu machen war mehr als angenehm gewesen. Doch anschließend war es unumgänglich, miteinander zu reden. Eins war sicher, Gabriel hatte sich reinlegen lassen. Die junge Frau war ihm nicht ganz zufällig in die Arme gesunken. Sie hatte den Coup geplant, als sie erkannt hatte, daß es ebenso schwierig wäre, diesen Tintenfisch unter ihrem Bett zum Sprechen zu bringen, wie ihren Bruder wieder lebendig zu machen. Sie hatte zugegeben, daß ihr Vorgehen nicht besonders edel war, aber sie hatte kein anderes Mittel gesehen, um ihr Ziel zu erreichen. Unter Hypnose hatte sich Gabriel äußerst redselig gezeigt. Sie hatte sich zunächst vergewissert, daß er nicht gelogen hatte und seine Absichten nicht böse waren. Nachdem sie genug über ihn wußte, hatte sie sich, halbwegs beruhigt, für ihren Bruder interessiert. Es hatte nicht lange gedauert, die Verbindung herauszufinden, die Gabriel zwischen Mathias und Pierre Valette vermutete. Als Konsequenz daraus hatte Maryline Gabriel gebeten, alles zu vergessen. Deshalb hatte er den Eindruck gehabt, in jener Nacht rein gar nichts geträumt zu haben. Trotz der erzwungenen unbewußten Befragung gab es zwei positive Punkte. Erstens hatte Gabriel nicht mehr preisgeben können, als er bislang selber wußte (er hatte nur geäußert, daß Pierre und Mathias sich vermutlich kurz vor ihrem Tod getroffen hatten). Zweitens hatte er Maryline seine eigentliche Identität nicht verraten. Sein Gehirnnebel hatte nur den Namen Alain Granger verkauft, den er am Anfang der Ermittlungen gewählt hatte. Gabriel Lecouvreur war für die junge Frau nach wie vor ein Unbekannter, und das war gut so. Es war ihm gelungen, einen winzigen Aspekt seines Geheimnisses zu wahren.

Nach ihrer Unterredung war alles friedlicher und vertrauter gewesen. Eine Art wiedergefundene Gelassenheit. Gabriel hatte Maryline das Versprechen abgenommen, niemandem etwas von dem, was sie wußte, zu verraten. Sie hatte außerdem geschworen, ihrerseits nichts zu unternehmen. Als Gegenleistung würde Gabriel sie über die weiteren Entwicklungen auf dem laufenden halten. Danach war es Zeit gewesen, sich zu trennen. Maryline hatte ihn bis zur Tür gebracht. Sie hatten sich angeschaut, nicht so sehr als Verliebte, sondern eher wie alte Freunde, die wußten, daß sich ihre Wege eines Tages trennen würden.

«Übrigens, wo kann ich dich erreichen?»

«Na so was, das hast du mein Unbewußtes nicht gefragt?»

Sie antwortete mit einem Lächeln, und er gab ihr die Adresse seines Hotels. Maryline hatte sich noch mal auf die Zehenspitzen gestellt und ihm einen keuschen Kuß auf den Mund gedrückt. Gabriel hatte die leichte Feuchtigkeit noch gefühlt, als er die Treppe hinunterstieg.

Ein Lastkahn wartete vor der Schleuse. Versonnen blieb Pulp stehen und betrachtete die träge Bewegung des Wassers zwischen den Schleusentoren. Dann machte er sich zügigen Schrittes auf den Weg. Das Spiel war vorbei, jetzt mußte er sich um ernstere Dinge kümmern.

13 PULP mag keine Köter

Gabriel deckte sich mit Tageszeitungen ein und flüchtete sich in ein Café, wo man gezapftes Kilkenny (genauer gesagt Smithwick's) servierte. Er kostete das kupferne irische Bier, dann verschlang er die Presse. Er interessierte sich besonders für einen Artikel über die letzten Ereignisse im Mordfall Mathias. Nach mehreren Tagen im Gefängnis vollständig ausgenüchtert, hatte Robert Casedaine sein Geständnis zurückgenommen und leugnete das Verbrechen erbittert ab. Zu seinem Unglück bestätigten mehrere Personen aus dem Viertel, ihn kurz vor der Tat in Gesellschaft des Jungen gesehen zu haben. Das Wort eines Säufers gegen das ehrbarer Bürger, die sich bemühen, der Justiz ihres Landes so gut sie können zu helfen ... Die Autoritäten nahmen verständlicherweise den Penner nicht ernst. Nur sein junger Pflichtverteidiger schien an die Version seines Klienten zu glauben. «Sie müssen verstehen», erklärte er in einem kurzen Interview den Journalisten, «er war zur Tatzeit so breit, daß die mit dem Verhör beauftragten Polizisten ihm jedes Geständnis abzwingen und ihn unterschreiben lassen konnten, was immer ihnen in den Kram paßte ... Mein Klient hat übrigens einen Hungerstreik begonnen, um gegen die unmenschliche Behandlung zu protestieren, die ihm widerfahren ist.» Ein mageres Argument der Verteidigung, dachte Pulp. Es würde Robert Casedaine wohl kaum dazu verhelfen, daß er sich bald wieder auf seinem Karton den Arsch abfrieren könnte, einzig erwärmt von ein paar Flaschen Kehlenfrostschutz. Trotz der tristen Wahrheit des Blattes war Gabriel zufrieden über das neue Zeichen, das ihn motivierte, seine Nachforschungen weiterzutreiben. Er war felsenfest von Casedaines Unschuld überzeugt. Was er in der Zeitung gelesen hatte, überraschte ihn kein bißchen.

Sein größtes Problem war, daß er keine Ahnung hatte, wie er weiter vorgehen sollte. Jedes Detail dieser Geschichte führte ihn unweigerlich in das Heim zurück. Ausgangspunkt einer Flucht ... Diese Männer, die ihm vom Père Lachaise aus gefolgt waren, blieben ein Rätsel. Wer waren sie? Bullen? Bezahlte Schläger? Detektive? Er hatte es lieber nicht so genau wissen wollen und sich so diskret wie möglich ihrer Wachsamkeit entzogen. Ohne Welle zu machen, war er in der Masse der Artgenossen untergetaucht. Nein, alles führte ihn tatsächlich zu diesem Heim zurück. Allerdings hatte Gabriel keine Lust, es zu stürmen, und noch weniger, alle erwachsenen Bewohner einzeln zu foltern, nur um das Mysterium zu lösen. Und da er zu bekannt war, vor allem dem Direktor, konnte er den Ort auch so nicht betreten. Er beschloß also, auf das ABC jeglicher Ermittlung zurückzugreifen und sich auf die Lauer zu legen.

Zu diesem Zweck mietete Gabriel einen unauffälligen grauen Peugeot 106. Er kaufte sich ein Baguette, einen Topf Rillettes (eine Art Schmalzfleisch) und eine Flasche Jenlain. Wenn er sich schon auf die Lauer legte, dann lieber in Gesellschaft eines anständigen Bieres, hatte er sich gesagt. Dann parkte er in der Rue de Ménilmontant wenige Meter vom Heim entfernt auf der gegenüberliegenden Straßenseite. Die Vorderräder zur Straßenmitte eingeschlagen, für den Fall, daß er schnell verschwinden müßte. Dann begann eine eintönige Warterei. Er betrachtete die Gegend. Glücklicherweise gab es zur Ablenkung ein paar hübsche Pariserinnen, denn um das Heim herrschte absolute Ruhe. Nichts drang heraus. Gut geschützt hinter seinen Mauern, lebte das Waisenhaus in Autarkie.

Über drei Stunden lag er nun schon auf der Lauer. Gabriel fing an zu zweifeln. Er hätte sich gerne Julie geschnappt. Die kurze Unterhaltung auf dem Friedhof, die Delègue unterbrochen hatte ... Er war überzeugt, daß das Mädchen mehr wußte, als es ihm hatte sagen wollen. Hinter dem Kummer hatte er einen Funken Angst in ihrem Blick zu erkennen geglaubt. Dummerweise war sie so unsichtbar wie ein Windhauch. Nun jedoch wurde Pulps Aufmerksamkeit von der diskreten Ankunft eines dicken Mercedes geweckt. Die Limousine stoppte vor dem Tor des Heims, und der Motor wurde abgeschaltet. Gabriel duckte sich tiefer in seinen Sitz. Er taxierte das Fahrzeug, das seine Insassen durch dunkle Scheiben vor indiskreten Blicken schützte. Dann öffnete sich die Wagentür. Von seinem Beobachtungsposten aus sah Pulp als erstes zwei weibliche Beine auf hohen Absätzen, die Kontakt mit dem Asphalt aufnahmen. Dann setzten die Hände der Dame mit ungeheurer Sanftheit zwei Hunde auf den Boden, die Gabriel sofort als Pekinesen identifizierte. Mit ihren platten Schnauzen, den sabbernden Lippen und den großen, triefenden Augen hatten ihn diese pelzigen Zwerge, die zu nichts anderem taugten, als das Make-up ihrer Frauchen abzuschlecken, schon immer zutiefst angewidert. Die Frau, eine üppige, aufreizende, rothaarige, großbürgerliche Mittvierzigerin, befreite sorgfältig jede Zelle ihrer Anatomie aus dem Mercedes. Sie glättete ihren engen Rock und sagte zwei oder drei Albernheiten zu ihren beiden Kötern – Gabriel konnte sie nicht hören, aber der Bewegung ihrer Lippen nach mußte es etwa lauten: «Nun, meine kleinen Lieblinge, jetzt könnt ihr ein bißchen Gassi-gassi gehen.» Sie schritt durch das Tor, gefolgt von den beiden Scheusalen, die ihr wie Schatten folgten, die Stumpfnasen an ihre Waden aus Chanelfleisch geklebt.

«Was mag die wohl hier zu suchen haben?» murmelte Gabriel zwischen den Zähnen.

Dann lotete er die Untiefen seines Schädels aus. Das

Gesicht dieser Schnepfe war ihm nicht unbekannt, aber es gelang ihm nicht, es mit einem Namen zu belegen. Ja, je mehr er darüber nachdachte, um so gewisser war er, sie schon irgendwo gesehen zu haben. Aber wo? Wo war er diesem Haarknoten, diesen Sommersprossen, diesem hochmütigen Gehabe und diesem arroganten Hüftschwenken schon mal begegnet?

Wo?

Es gelang ihm einfach nicht, sich zu erinnern. Genausowenig, wie er sich auch nur andeutungsweise den Grund vorstellen konnte, weshalb diese Frau aus einer anderen Welt im Paradies der traurigen Kindheit aufkreuzte.

Genug gegrübelt. Pulp, dem es in den Saugnäpfen kribbelte, legte den ersten Gang ein und steuerte den 106 auf die Straße. Er rollte ungefähr hundert Meter weit und wendete den Wagen. Dann blieb er wieder stehen, mit einem gewissen Sicherheitsabstand zwischen sich und dem Mercedes. Weniger als eine Viertelstunde später bestieg die Dame mit ihren beiden Kötern wieder den Fahrgastraum des dicken Teutonen, der auch sofort startete. Gabriel setzte sich hintendran. Der Mercedes fuhr die Rue de Ménilmontant in Richtung des Boulevard Périphérique hinunter. Pulp war gezwungen, bei Rot über eine Kreuzung zu fahren, was beinahe eine Massenkarambolage ausgelöst hätte. Er ließ sich von einem Hupkonzert beschimpfen und antwortete darauf ebenso großzügig: «Schnauze! ... Ein bißchen Rücksicht auf einen Farbenblinden, bitte schön!»

Avenue Gambetta, dann Porte des Lilas, äußerer Périphérique – Gabriel schonte den 106 nicht und folgte, so gut er konnte. Er bahnte sich mühsam einen Weg durch die kompakte, rollende Masse von Fahrzeugen.

Richtung Norden, dann nach Osten fraß er einige Kilometer. An der Porte de Saint-Cloud bog der Mercedes auf die A13 ab. Ohne zu murren, fädelte sich auch Pulp auf die Autobahn ein. Aber mit der gewaltigen Beschleunigung des Wagens hatte er nicht gerechnet. Da konnte er Gummi geben, soviel er wollte, der Mercedes entfernte sich unweigerlich. Bald war er nichts als ein schwarzer Punkt am Asphalthorizont. Dann verschwand er ganz.

«Verdammte Scheiße», Pulp schlug mit der flachen Hand auf das Lenkrad.

Er nahm die nächste Autobahnausfahrt und versuchte, den Mercedes hier vielleicht wiederzufinden. Vergeblich. Er kurvte ein Weilchen durch den wohlhabenden westlichen Vorort, ohne noch an das Wunder zu glauben. Resigniert gab er schließlich auf und fuhr in die Hauptstadt zurück, wobei er laut auf französische Blechkisten schimpfte.

14 Pulp mag keine Köter

Paris by night.

Gabriel erreichte die Schnellstraße George Pompidou und sah die Seine unter der Mirabeau-Brücke hindurchfließen. Er verband damit weder schöne noch traurige Erinnerungen, und doch packte ihn plötzlich eine törichte Lust. Er würde sich eine Rundfahrt mit einem Ausflugsdampfer genehmigen. Wie viele andere Pariser hatte er in den fünfunddreißig Jahren seiner Existenz noch nie eines dieser verglasten Touristenschiffe betreten, die auf dem Fluß kreuzten. Eine Unterlassungssünde, die er sofort wiedergutmachen mußte. Inmitten einer Schar von nikonisierten

Japanern und silikonisierten Japanerinnen ging er an Bord. Er ließ sich durchschaukeln und betrachtete mit der Miene eines staunenden Kindes die vorbeiziehenden Sehenswürdigkeiten und die von den starken Scheinwerfern beleuchteten Ufer. Die Fahrt war zu Ende. Auf das respektvolle «Sayonara», er hatte für ein Gruppenfoto vor der Conciergerie auf einen Auslöser gedrückt, antwortete Gabriel höflich:

«Ja, ja, in Sarajevo sehen wir uns wieder ... wenn das Wetter es erlaubt.»

Das war, er gestand es sich ein, völlig idiotisch, aber er war überzeugt, daß es Gérard amüsiert hätte.

Ein Uhr in dcr Früh. Pulp parkte den 106 in einer Nebenstraße bei seinem Hotel. Er hatte es eilig, in die Federn zu kommen, und ging schnellen Schrittes die Straße hinunter, die menschenleer schien. Zu spät bemerkte er die Falle. Zwei große, kräftige Männer tauchten hinter ein paar geparkten Autos auf und kamen ihm entgegen. Gabriel sah sofort, daß es keine gewöhnlichen Passanten waren, und machte kehrt. Verlorene Mühe. Von der anderen Seite bogen zwei Typen um die Straßenecke. Gabriel begab sich in die Straßenmitte, um einen besseren Überblick über die Situation zu gewinnen und einen Ausweg zu suchen. Er wollte nach seiner Luger greifen, aber seine Hand faßte ins Nichts. Ihm fiel ein, daß er sie dummerweise im Handschuhfach des 106 liegengelassen hatte. Der Schraubstock um ihn herum zog an. Er rührte sich nicht von der Stelle, nahm alle seine Kraft zusammen. Den ersten Mann fällte er mit einem harten Fußtritt in den Solarplexus. Den zweiten schickte er mit einem kräftigen Schulterstoß zu Boden. Dann rannte er wie ein Wahnsinniger los. In seinem Rücken nahm man seine Verfolgung auf. Als Gabriel den Kopf hob, mußte er erkennen, daß eine weitere Gefahr auf ihn lauerte. Zwei Autoscheinwerfer gingen an, direkt auf ihn gerichtet. Geblendet legte er die Hand über die Augen. Er hörte den Motor aufheulen. Der Wagen scherte aus und raste wie ein wildgewordener stählerner Stier mit leuchtenden Augen auf ihn zu. Zwanzig Meter. Zehn Meter ... Pulp konnte gerade noch zur Seite springen. Er fühlte, wie der Wagen ihn streifte, und dachte, wenn er lange genug lebte, würde er sich niemals mehr über Pedros Toreros lustig machen. Keine Zeit, wieder aufzustehen. In dem darauffolgenden Durcheinander, wo man ihm ernsthaft auf die Pelle rückte, nahm er zunächst nur den Hagel von Schlägen wahr, der auf ihn niederprasselte. Dann drehte man ihn auf den Rücken und durchsuchte ihn. Er sah sich Nase an Nase mit einer Fresse, die nichts Gutes verhieß.

«Na, du Arsch, willst wohl den Superklugen mimen. Hast du wirklich gedacht, du würdest uns ein zweites Mal entkommen?»

Gabriel antwortete nicht auf die tiefe, schulmeisterliche Stimme. Er versuchte nur, wieder zu Atem zu kommen.

«Also, ich werde mich ganz klar ausdrücken, und ich frage nicht zweimal», fügte der Mann hinzu. «Wer bist du, und was steckst du deine Dreckschnauze in unsere Angelegenheiten?»

«Was? ... Wovon reden Sie? ... Was wollen Sie von mir?»

Anstelle einer Antwort sah Gabriel den Lauf einer Automatik immer größer werden, um in seinem Nasenloch zu enden.

«Stop ... Das muß ein Irrtum sein ... Ich weiß wirklich nicht, was Sie von mir wollen ... Ich hab Ihnen doch nichts getan!»

«Beeil dich mit der Antwort, du Arsch, ich bin von Natur aus ziemlich ungeduldig ... Was hast du mit dem Jungen zu tun?»

Gabriel sah, daß sich die anderen Männer rundum aufgebaut hatten und die Umgebung überwachten. Wenn man bedachte, daß sein Hotel weniger als hundert Meter entfernt war ... Nun, auch wenn er noch so schnell rennen würde, den Kugeln könnte er nicht entkommen. Wenn er überhaupt noch rennen konnte, was nach den Hieben, die er eingesteckt hatte, ganz und gar nicht sicher war. Ihm blieb nur übrig, sich mit Worten zu wehren, ohne diesen Typen zu reizen, der eiskalt entschlossen schien. Der gehörte nicht zu der Sorte, die ins Taschentuch schneuzen, wenn Bambi vor der Leiche seiner Mutter schluchzt.

«Was wollen Sie denn von mir hören? Ich hab keine Ahnung, was Sie meinen.»

«Warum hast du dann versucht, dich aus dem Staub zu machen, häh?»

«Weil ich Schiß gekriegt hab! ... Ich flehe Sie an, nehmen Sie mein Geld, aber lassen Sie mich in Ruhe!»

Gabriel mimte den Weinerlichen. Alles ableugnen. Das war noch immer das beste Mittel, um Zeit zu gewinnen. Auch wenn es in einer solchen Situation nicht allzuviel brachte, die Sanduhr ablaufen zu lassen. Die Knarre rief ihn zur Ordnung. Er fühlte, wie sie jede Kurve seines Gesichts abtastete und an seinem sprießenden Bart kratzte. Im gleichen Augenblick kam einer der Aufpasser heran und forderte seinen Kumpel auf:

«Laß sausen, wir verlieren unsere Zeit ... Ist doch ein Waschlappen, der Typ!»

«Das überlaß mal mir. Gut, deine letzte Chance! ... Wer bist du? Was suchst du?»

Gabriel brauchte nicht zu antworten. In dem Haus gegenüber im ersten Stock ging ein Fensterladen einen Spaltbreit auf, und der Lauf eines Jagdgewehrs wurde sichtbar. Dann donnerte eine Männerstimme:

«Was ist das für ein Spektakel? Was soll das, mitten in der Nacht? ... Verschwindet, oder ich schieße!»

Der Mann, der Pulp mit seiner Waffe in Schach hielt, warf einen Blick zum Fenster. Ohne aus der Ruhe zu geraten, lenkte er seinen finsteren Blick zu Gabriel zurück.

«Schwein gehabt», zischte er zwischen den Zähnen hindurch. «Ein guter Rat: Wenn ich deine aufgeblasene Fresse noch einmal sehe, kümmere ich mich ganz persönlich um dich! Ist das klar? ... So, und jetzt vergiß uns!»

Der Mann hinter dem Fensterladen ließ seine Waffe nicht sinken.

«Letzte Warnung! Entweder ihr verschwindet augenblicklich, oder ich heize euch den Hintern mit der Flinte ein! Gesindel!»

Zum Abschied kriegte Gabriel einen bösen Hieb mit dem Kolben über die Nase, die sofort Blut zu pissen begann. Er hatte Mühe, sich von dem Schock zu erholen, und nahm den diskreten Abzug seiner Angreifer kaum wahr. Er hörte nur ein Motorengeräusch, das sich in der Nacht verlor. Mit schmerzenden Gliedern zwischen zwei Stoßstangen liegend, dachte er, daß die Welt doch verdammt beschissen eingerichtet war. Wenn er noch lebte, so hatte er das zweifellos menschlicher Borniertheit zu verdanken. Er war gerade von einem jener Irren gerettet worden, die ohne zu zögern auf Kinder schießen, wenn sie vor dem Haus zu viel Krach machen.

Mühsam robbte Pulp aus dem Rinnstein und kehrte mit brennenden Muskeln und Eingeweiden in sein Hotel zurück.

15 PULP mag keine Köter

Um sich zu erholen, blieb Gabriel gute zehn Minuten unter dem heißen Strahl der Dusche. Das Wasser rann über seine schmerzende Pelle, und er hatte das Gefühl, es würde die meisten Wunden und Beulen mit wegspülen. Dann ließ er sich aufs Bett fallen und versuchte, die Situation zu überdenken. Gut, er hatte einen groben Fehler gemacht, der sich in einem Aphorismus von Lichtenberg ziemlich gut ausdrücken ließ:

«Wer eine Scheibe an seine Gartentür malt, dem wird gewiß hineingeschossen.»

Na prima, beschimpfte er sich im Geiste, du hast dich wie ein Anfänger einsammeln lassen. Hättest das Hotel wechseln müssen. Andererseits, wenn man es genau bedachte, gab es nicht sehr viele Leute, die ihn hier finden konnten. Nur zwei, Delègue und Maryline. Und daß ihm letztere, so frisch aus der Provinz, eine Bande von Schweinehunden auf die Fersen hetzen würde, konnte er sich kaum vorstellen. Das hatte sie außerdem gar nicht nötig; ihre weiblichen Waffen waren ebenso gefährlich. Also, schloß er, hatte er sogar recht daran getan, nicht umzuziehen. Gewiß, die Rechnung war für seinen Geschmack ein bißchen zu gesalzen ausgefallen, aber es hatte ihm immerhin den handfesten Beweis eingebracht, daß er anbeißen konnte.

Gabriel gab Leib und Seele einem heilbringenden Schlaf hin, da klingelte das Telefon.

«Ja?»

«Pulpy Boy, hier spricht Maryline.»

«...»

«Habe ich dich etwa geweckt?»

«Nein, warum? Machst du deine Experimente auch per Telefon?»

«Bislang noch nicht, aber du bringst mich da auf eine Idee.»

«Das freut mich ungemein. Was gibt's?»

«Ich muß dir was zeigen. Kannst du herkommen?»

«Ist es wichtig?»

«Ziemlich.»

«Du hast doch keine Dummheiten gemacht, hoffe ich.»

«Nichts, was gegen deine Moral wäre. Aber ich glaube, du wirst nicht enttäuscht sein.»

«Okay, ich komme ... Unter einer Bedingung allerdings: Kannst du mich für die Nacht beherbergen?»

«Als Liebhaber oder als Freund?»

«Die Frage stellt sich nicht einmal. Wenn du siehst, in welchem Zustand ich bin, wirst du mich in die Abstellkammer stecken.»

Dann legte er auf, zog sich an, sammelte seine Habseligkeiten ein und verließ das Hotel, in das er nie wieder einen Fuß zu setzen versprach. Es erwartete ihn kein Empfangskomitee auf der Straße. Er zwängte sich in den 106 und steuerte die Kiste, ein Auge auf den Rückspiegel gerichtet, und überwachte jedes Fahrzeug. Nichts Verdächtiges. Gelassen begab er sich in die Rue de la Grange-aux-Belles. Aber er konnte sich beim besten Willen nicht mehr an den Code erinnern und stand vor der verschlossenen Haustür. Er klingelte. Über die Gegensprechanlage sagte er:

«Maryline? Ich bin's. Machst du auf?»

«Wie bist du eigentlich das letzte Mal reingekommen?»

«Mit dem Code, aber da hatte ich mehr Geduld.»

Diesmal gönnte sich Gabriel eine Fahrt mit dem Aufzug. Maryline erwartete ihn auf der Türschwelle. Sie sah sofort, daß er den Tag nicht in der Hängematte verbracht hatte.

«Laß mal sehen.»

«Ach was, nicht der Rede wert.»

«Komm rein, und laß mich das mal anschauen.»

Der Ton gestattete keinen Widerspruch. Pulp kapitulierte. Maryline schloß die Tür hinter ihm, ließ ihn sich bücken und untersuchte seine Nase im Schein der Deckenlampe ...

«Ziemliches Hämatom ... eine oberflächliche Wunde. Hast du noch mehr davon?»

«Abgesehen von denen, die du mir beigebracht hast, nicht daß ich wüßte.»

Maryline unterdrückte ein kleines Lachen und schüttelte den Kopf, wobei sie ihm zärtlich über die Stirn strich.

«Du bist echt ein seltsamer Kauz.»

Dann brach sie die Gefühlsäußerung ab und meinte:

«Komm mit.»

Sie führte ihn ins Arbeitszimmer ihres Bruders. Seit Gabriels letztem Besuch hatte sich nichts verändert. Maryline ging zum Anrufbeantworter und drückte auf die Rücklauftaste.

«Die Idee ist mir gekommen, als ich meine Nachrichten abgehört habe. Pierre ließ das Ding praktisch immer an, um erst mal zu hören, wer anrief ... Paß auf.»

Maryline stoppte das Band und drückte auf die Abhörtaste. Die beunruhigte Stimme eines Jugendlichen klang aus dem Lautsprecher: «Monsieur Valette, hier ist Mathias, Sie wissen doch, der Sohn von Jérôme Leroux ... Ich muß Sie unbedingt sehen. Ich ...» Die tiefere Stimme von Pierre unterbrach die des Jungen: «Hallo, Math ...» Damit endete die Aufzeichnung. Valette hatte, sobald er den Hörer abgenommen hatte, den Anrufbeantworter ausgeschaltet.

«Spiel es noch mal ab.»

Maryline tat es. Sie hörten es noch einmal. Gabriel fiel auf, daß ein diffuser Krach die Stimme des Jungen begleitete. Er hatte mit großer Wahrscheinlichkeit aus einer Telefonzelle angerufen.

Als die Aufzeichnung abgelaufen war, brach Gabriel als erster das Schweigen.

«Die Kassette muß an einem sicheren Ort aufbewahrt werden.»

Maryline antwortete nicht. Pulp sah, daß sich die Augen der jungen Frau mit Tränen füllten.

«Ich ...»

Sie konnte nicht weitersprechen. Jäh drückte sie ihren Kopf gegen seine Brust, und Pulp schnitt vor Schmerz eine Grimasse. Eine Folge der Schläge, die er eingesteckt hatte. Vielleicht waren ein, zwei Rippen angebrochen.

«Du hast recht gehabt», sagte sie mit erstickter Stimme, «er ist ermordet worden ... er ist ermordet worden.»

«Das ist noch nicht sicher», antwortete Gabriel, ohne ein Wort davon zu glauben.

Maryline hörte ihm nicht mehr zu. Gabriel ließ sie

an seinen Körper gelehnt schluchzen und sagte sich, daß es manchmal nichts nützt, breite Schultern zu haben. Daß man dadurch auch keine tröstlichen Worte oder Gesten findet. So begnügte er sich mit einer schweizer Haltung. Ganz neutral.

Als ihre Quellen der Trauer erschöpft waren, löste sie sich von ihm. Mit den Fingerspitzen wischte sie die Wimperntusche ab, die sich in unordentlichen Rinnsalen unter ihren Augen ausgebreitet hatte.

«Ich bin albern, hm?» sagte sie mit einem armen, kleinen, betrübten Lächeln.

«Nicht mehr als ich ... Du weinst, und alles, was ich fertigkriege, ist ein Ständer wie ein Esel.»

Das Lächeln, das sie ihm zuwarf, war nicht gezwungen.

«Magst du was trinken?»

«Wenn du ein Bier hast, sag ich nicht nein.»

«Ich schau mal nach, was ich tun kann ...»

Sie verschwand in der Küche und kam wenige Augenblicke später mit einem Tablett zurück, auf dem eine Dose Adelscott (ein französisches, rauchiges Malzbier) und eine Flasche Scotch thronten.

«Nicht, daß ich kein Bier mag», rechtfertigte sie sich, «aber im Augenblick ist mir nach was Stärkerem.»

Gabriel begann, sein Bierchen zu schlürfen, und Maryline kippte ein erstes Glas J & B hinunter.

«Also, was können wir tun?» fragte sie, während sie sich einen zweiten Whisky eingoß.

«Weiß ich noch nicht.»

«Meinst du, es lohnt sich, wenn man das alles den Bullen erzählt?»

Pulp schüttelte den Kopf.

«Warum?»

«Wenn sie sich die Mühe hätten machen wollen, ein bißchen tiefer in der Affäre zu schnüffeln, hätten sie das schon getan», antwortete Gabriel, der zudem nicht die geringste Lust hatte, sich mit der Polizei rumzuschlagen.

«Man könnte vielleicht eine Zeitung drauf ansetzen, oder?»

«Meiner Meinung nach ist es noch zu früh. Was haben wir denn für Beweise? ... Ein Tonband, das nur zeigt, daß Mathias Pierre angerufen hat ...»

«Aber es klingt, als sei es wirklich wichtig gewesen.»

«Für einen vierzehnjährigen Ausreißer in Paris kann alles wichtig sein. Essen, ein Dach über dem Kopf, oder Trost bei jemandem, den er kennt, zum Beispiel.»

«Na hör mal», entrüstete sich Maryline, «das glaubst du doch wohl selber nicht! ... Du weißt doch ein paar Sachen, die die Ermittlung vorantreiben können ...»

«Ja, aber ... mich gibt es nicht!»

Er hatte ein bißchen scharf geantwortet und bereute es sofort.

«Ich will sagen, Maryline», fuhr er in sanfterem Ton fort und sprach jedes Wort ganz deutlich aus, «daß ich nicht in Erscheinung treten darf. In keinem Augenblick ... Nein, glaub mir, das Beste wird sein, wenn ich in der Sache nach meiner Methode vorgehe.»

«Was die Methode einbringt, sehe ich ... Du absentierst dich für ein paar Stunden, und anschließend kann man dich mit dem Kaffeelöffel zusammenkratzen!»

«...»

«Wie wär's, wenn du mir erzählen würdest, was passiert ist?»

«Da gibt's nicht viel zu erzählen. Ich habe mir die Fresse einschlagen lassen, das ist alles.»

«Aber von wem?»

«Keine Ahnung. Leute, die ich genervt habe.»

Sichtlich gereizt kippte Maryline ein weiteres Glas Whisky.

«Eins muß ich dir sagen, du Dickschädel. Die Angelegenheit betrifft mich mindestens so wie dich.»

«Ohne Zweifel», gab Gabriel lakonisch zurück und stellte seine Bierdose wieder auf den Tisch.

«Und das soll heißen, daß ich die Freiheit habe, mich darum zu kümmern, wie ich es für richtig halte.»

«Hör zu», seufzte Pulp, «es sieht so aus, als ob wir heute abend sowieso nichts Gescheites mehr auf die Reihe kriegen. Wir können genausogut schlafen gehen. Komm», fügte er hinzu und streckte ihr die Hand entgegen.

Maryline rührte sich nicht.

«Komm, das ist besser.»

«Du weißt den Weg. Ich bin noch nicht müde!»

Gabriel beharrte nicht weiter und ging ins Schlafzimmer. Vorsichtig zog er sich aus und ließ sich mit dem unangenehmen Gefühl, plötzlich hundert Jahre alt zu sein, unter die Decke gleiten. Zum Glück dauerte es nicht lange, bis der Schlaf ihn in seinen Netzen hatte.

Spät in der Nacht, wahrscheinlich im Morgengrauen, spürte er, wie Maryline sich an seine Seite kuschelte. Die Hitze ihres Körpers, die Sanftheit ihrer Augen, der seidige Flaum ihrer Scham, die Zärtlichkeit ihrer Lippen in seinem Nacken ließen ihn denken, daß er schlechter untergebracht sein könnte. Bevor er wieder in den Limbus zurücktauchte, glaubte er außerdem gehört zu haben, daß sie mit einer Stimme aus weiter Ferne zu ihm sagte:

«Laß mich nicht allein. Ich habe Angst.»

16 PULP mag keine Köter

An Händen und Füßen gefesselt wie eine Wurst, lag Gabriel mit hervorquellenden Augen auf dem Fußboden und fixierte die beiden infamen Köter, die knurrend um ihn herumstrichen. Die Lippen gekräuselt, mit Fäden von elastischem Sabber, entblößten sie ihre scharfen Eckzähne, bereit, seine Haut zu durchbohren. Er hatte sich nicht zu wehren versucht. Mit jeder Bewegung schnitten die Fesseln tiefer in sein Fleisch und schürten den Haß der beiden Pekinesen. Er hatte durchaus versucht, sie mit einem süßen «Ganz ruhig, ruhig, ihr Kleinen» oder mit «Na, ihr lieben Hündchen» zu zähmen, aber diese beiden Mistviecher wollten nichts davon wissen. Zu glücklich, mit einer ungefährlichen Beute spielen zu können. Giftzwerge. Und dann waren zwei Beine erschienen. Zwei niedliche Frauenbeine, die Absätze klapperten auf dem makellosen Kachelboden. Mit ihrem Auftauchen hatten die beiden Köter angefangen, mit dem Schwanz zu wedeln und in Liebesverzückung zu jaulen.

«Ja, meine Süßen. Mama ist wieder da ... Ja, natürlich bekommt ihr eure wohlverdiente kleine Belohnung.»

Dann kniete sich die feurige Rothaarige neben Gabriel und machte sich daran, seine Hose aufzumachen. Nachdem sie den Slip beiseite geschafft hatte, holte sie sein Glied vorsichtig heraus und schlenkerte die kümmerliche Trophäe in Richtung der Hunde, die sich keinen Moment des Schauspiels entgehenließen.

«Für wen ist das wohl? Für Mamas Lieblinge natürlich! ...»

Stumm vor Entsetzen sah Gabriel, wie sich die beiden Pekinesen mit gefletschten Zähnen auf sein Glied stürzten, das die Rothaarige ihnen voller Abscheu überlassen hatte.

Gabriel wachte laut schreiend auf. Sein Alptraum war zu Ende, aber im Hochschrecken hatte sich der Schmerz in seinen Rippen grausam in Erinnerung gerufen. Auch Maryline tauchte aus dem Schlaf und sah ihn mitten auf dem Bett sitzen, die Hände unter die Achselhöhlen gepreßt, wie er mühsam atmete.

«Was hast du? Warum hast du mir nichts davon gesagt?»

«Weil ich nicht in der Sozialversicherung bin ...»

«Und Ärztinnen, mit denen du schläfst, gibt es davon viele? ... Na los, streck dich aus, ich werde mir das mal anschauen.»

Maryline half Gabriel, sich wieder hinzulegen, und begann ihn zu untersuchen. Er schnitt Grimassen unter den Fingern, die seinen Brustkorb abtasteten. Dann legte sie ein Ohr auf die Brust ihres Patienten.

«Ohne Stethoskop ist es nicht so ganz einfach», sagte sie, als sie sich wieder aufrichtete. «Aber offenbar ist es nicht allzu schlimm. Trotzdem wäre es besser, es zu röntgen ... Man kann nicht wissen, ob es nicht doch ein Bruch ist, du riskierst eine Lungenperforation und ...»

Weiter kam sie nicht, denn der Pulp hatte ihre Lippen zwischen seine genommen. Nach einem langen Kuß nahm er sie bei der Taille und setzte sie auf seine Schenkel.

«Schauen Sie, Frau Doktor, alles in Ordnung. Ich liege noch nicht im Sterben!»

«Hör auf! In deinem Zustand ist das wirklich unvernünftig!»

«Ich weiß, ich könnte auf den Geschmack kommen!»

Er war nicht der einzige. Und Maryline streifte ihm ein Kondom über und übernahm die Angelegenheit.

Schweißgebadet begaben sie sich eben auf die Zielgerade, als das Telefon klingelte. Außer Atem schnappte Maryline nach dem Handy.

«Hallo ...»

An der Stimme aus der Ferne erkannte Gabriel, daß der Freund von Maryline ihnen den Streich vom morgendlichen Wecken spielte.

«Was? ... Wieso, ich habe keine seltsame Stimme ... Hör zu, Gilbert, fang bitte nicht schon wieder an! ...»

Das Gespräch degenerierte schnell. Gabriel scherte sich nicht darum und übernahm in gewisser Weise die Ablösung, was Maryline ein Stöhnen entlockte. Dieses fiel nicht in taube Ohren, und der fragliche Gilbert, zweifellos kein Freund von solitären Freuden, fing am anderen Ende der Leitung an zu meckern.

«Gut, wenn du's wissen willst», rief die junge Frau, «ich bin gerade beim Vögeln. Ich ficke und ficke und ficke, ich tu nichts anderes als ficken! ... Und in diesem Moment störst du mich wirklich, weil du mich am Orgasmus hinderst.»

Maryline knallte den Hörer auf und schaute Gabriel an, der sich nicht mehr zu rühren wagte. Sie brach in schallendes Gelächter aus, als ihr bewußt wurde, daß die Situation gelinde gesagt absurd war.

Das Frühstück brachte ihren befriedigten Sinnen ein bißchen Gelassenheit. Lange Zeit verharrten sie ohne zu reden und begnügten sich damit, sich gegenüberzusitzen und aus den Augenwinkeln zu beobachten. Dann räumte Maryline ab und setzte sich wieder vor Gabriel hin.

«Ich habe nachgedacht.»

«...»

«Ich gebe dir vierundzwanzig Stunden.»

«Das könnte knapp sein.»

«Vierundzwanzig Stunden, Pulp, und keine Minute mehr. Wenn die Frist abgelaufen ist, setze ich alle Prozeduren in Gang, die nötig sind.»

«Laß mir doch ein bißchen mehr Zeit», murrte Gabriel.

«Nein. Ich will die Sache zu Ende bringen, und ich werde keinen Zweifel über die Todesumstände meines Bruders in der Luft hängen lassen. Wenn er tatsächlich ermordet worden ist, dann werden seine Mörder dafür zahlen.»

Ihr Tonfall duldete keinen Widerspruch. Ihre Gesichtszüge verhärteten sich, während sie sprach.

«Also gut», gab Gabriel nach.

«Du mußt verstehen», sagte sie sanfter, «es ist unerträglich, nichts Genaues zu wissen.»

Gabriel gab ihr mit einem Kopfnicken recht. Es war keine Zeit für Trödelei oder einzelgängerische Träumereien. Maryline holte ihn ein, bevor er die Küche verlassen hatte.

«Noch was ...»

Pulp drehte sich um und tauchte abwartend seinen Blick in den der jungen Frau.

«Wenn die ganze Geschichte vorbei ist, dann ist es auch zwischen uns zu Ende.»

«Ich weiß.»

«Es mag dir komisch vorkommen, aber meinen Typ, den liebe ich wirklich!»

«Ja, die Liebe ist sonderbar», gab er zurück und versuchte zu vertuschen, daß sich ihm die Kehle zugeschnürt hatte.

Maryline pflanzte ein Küßchen auf seine Backe.

«Paß auf dich auf ... Ich habe noch immer keine Ahnung, wer du wirklich bist, aber ...»

«Stop, sonst fängst du noch an, dummes Zeug zu plappern», sagte er und steuerte auf den Ausgang zu.

Draußen betrachtete er die Zeiger seiner Uhr, die sich zu seinen Ungunsten bewegten. Er versuchte, nicht weiter an Maryline zu denken, und erinnerte sich an seinen Alptraum. Die Rothaarige und die Köter – er glaubte, sich zu erinnern, wo er sie gesehen hatte. Er stieg in den 106, ohne sich auch nur die Zeit zu nehmen, den Strafzettel unter seinem Scheibenwischer zu entfernen.

17 PULP mag keine Köter

«Guten Tag, meine Damen.»

Mit wilder Mähne stürmte Gabriel in Cheryls Frisiersalon. Angesichts dieser maskulinen Erscheinung verstummte die angeregte Unterhaltung über die Unannehmlichkeiten von Spiralen, Pillen, spermatötenden Cremes und Kondomen auf der Stelle. Sämtliche Blicke wandten sich diesem großen, ein bißchen steif dastehenden Typen zu, der in schlampigen Klamotten, das Hemd aus der Hose gerutscht, einen Strauß weißer Rosen in der Hand hielt.

«Was ist los?» fragte Pulp und faßte sich an den Kopf. «Habe ich vergessen, meinen Kamm rauszunehmen?»

Durch die Blumen als auch durch Gabriels Anwesenheit in leichter Verlegenheit, legte Cheryl ihren

Föhn aus der Hand und kam in enganliegender Hose, die ihren Hintern und ihre Hüften wunderbar zur Geltung brachte, auf ihn zu.

«Was führt dich her?»

«Das Vergnügen, dich zu sehen ...»

«Das ist nett, aber im Moment habe ich alle Hände voll zu tun.»

«Also gut, Cheryl, um ganz ehrlich zu sein, ich brauche deine Hilfe», gab er von sich und drückte ihr tolpatschig die Rosen in die Hand.

«Aha, ich verstehe, Monsieur kommt mich besuchen, weil er was will ...»

«Fang nicht wieder an, es ist wichtig», erklärte Pulp leise. Er spürte, daß ein Haufen Ohren nur darauf wartete, ein bißchen was zu klatschen aufzuschnappen.

«Sag schon, aber beeil dich, ich habe zwei Dauerwellen und ein Brushing auf dem Feuer ...»

«Eine große Rothaarige mit zwei Hunden, Pekinesen, sagt dir das was?»

«Eine große Rothaarige, sagst du?»

«Ja, von der Art, ich habe Geld und zeige es auch ...»

«Alter?»

«Um die Vierzig, gut erhalten. Nein, ich frage dich danach, weil ich sicher bin, sie in einer deiner Zeitschriften gesehen zu haben.»

Fast hätte er saudumme Zeitschriften gesagt, aber er verschluckte es, um seine schöne Freundin nicht zu reizen.

«Ihr Haar, wie ist ihr Haar?»

«Weniger rot als meins ... Zum Knoten hochgesteckt, glaube ich.»

«Und sie hat Hunde?»

«Ja, zwei von diesen Schoßhündchen, die ins Seidenkissen furzen, wenn sie ihr Rinderfilet aufgefressen haben.»

Nachdenklich drehte Cheryl eine ihrer blonden Locken um den Zeigefinger, dann meinte sie:

«Einen Moment!»

Sie drehte sich um und ging zu einem Stapel Zeitschriften, der größte Teil Sensationspresse. Sie blätterte hier und da, während Pulp, der hinzugetreten war, zuschaute. Schließlich hielt sie ihm mit einem befriedigten Lächeln um die Mundwinkel ein Foto unter die Nase.

«Meinst du vielleicht die hier?»

Ins Schwarze getroffen. Gabriel musterte kurz das Foto. Es zeigte die Frau, die er suchte, begleitet von ihren beiden Monstern. Der Untertitel dazu lautete: «Céline Fressaincourt, eine Frau ihrer Zeit.»

«Was weißt du über sie?»

«Du kennst sie nicht?» wunderte sich Cheryl.

«Nein.»

«Cheryl drehte die Augen zur Decke über so viel Unwissenheit und lieferte einen schnellen Bericht. Demnach war Céline eine fabelhafte, energiestrotzende Frau, verheiratet mit Philippe Fressaincourt, einem reichen Industriellen. Textilbranche. Sie verbrachte einen großen Teil ihrer Zeit mit karitativen Werken. Vor nicht allzu langer Zeit hatte sie einen Verein gegründet, der Waisen und anderen unglücklichen Kindern zu Hilfe kommt. Auf gutem Fuß mit den staatlichen Organen, tat sie alles, um das traurige Leben dieser Kinder zu bessern. Schneller eine Familie für sie zu finden; Gelder aufzutreiben, die den Größeren halfen, sich in die Gesellschaft einzugliedern; den Ärmsten Ferien und Kleider zu spendieren – das war ihr Betätigungsfeld, ihr heiliges Amt sogar. Ein gewaltiges Programm, das Gabriel aber nicht sonderlich zu beeindrucken schien.

«Und weißt du auch, wo diese Heilige wohnt?»

«Ja, sie hat ein Haus in der Nähe von Houdan. In Berchère, glaube ich ...

«Vielen Dank, ich weiß nicht, was ich ohne dich machen würde», erklärte Pulp und küßte Cheryl auf die Stirn. «Bis später.»

«Warte, was willst du von Céline Fressaincourt?»

«Ihr ihren Lippenstift wiedergeben», sagte Gabriel und steuerte zum Ausgang. «Sie hat ihn in der Metro liegengelassen.»

Cheryl machte den Mund auf, um ihm noch eine Frage zu stellen, aber Pulp war schon weg. Vor Wut schleuderte sie den Rosenstrauß in eine Ecke des Salons und wandte sich wieder ihren Kundinnen zu.

«Wenn sie meine Meinung hören wollen: die Pille, die Spirale, das Kondom, das ist alles ganz nett, aber es gibt was Besseres ...»

«Tatsächlich?» wunderte sich eine Frau, die sich Lockenwickler wachsen ließ. «Was denn?»

«Die Abstinenz, Madame Gohard ... die Abstinenz. Man legt sie sich aufs Ohr, und man raucht sie später.»

«Und Sie schaffen das?»

«Noch nicht, aber ich trainiere demnächst ... Allein bei dem Gedanken kriege ich schon Migräne!»

Eine Viertelstunde später hielt Gabriel in einer stillen Seitenstraße an. Was er aus Cheryls Mund erfahren hatte, war alles andere als erhebend. War es möglich, daß er sich so geirrt hatte? Trotzdem nahm er die Luger in die Hand, entfernte das Magazin und untersuchte sie. Er bereute seine Wahl am Ende doch nicht. Der Kolben lag ihm angenehm in der Hand. Die Mechanik war gut geölt. Der Abzug stramm, genau wie es sein sollte. Er legte das Magazin wieder ein. Bevor er wieder startete, musterte er sich ein Weilchen im Rückspiegel des 106, und Lichtenberg holte ihn ein:

«Die Welt jenseits der geschliffenen Gläser ist wichtiger als die jenseits der Meere und wird vielleicht nur von der jenseits des Grabes übertroffen.»

Wie wahr. Passend zur Gelegenheit würde er eine Kannibalenfresse aufsetzen.

18 Pulp mag keine Köter

Ein dichter grauer Mantel lag jetzt über der Stadt. Alles wirkte unendlich traurig. Gabriel überschaute den Hof mit Periskopblick. Die Jugendlichen, die herumstanden, achteten nicht auf ihn, und mit entschlossenem Schritt steuerte er auf das Hauptgebäude zu. Vier Stufen auf einmal nehmend stieg er die Treppe zum Büro des Direktors hinauf, vergewisserte sich, daß der Flur leer war, und klopfte an die Tür.

«Herein.»

Mit der Hand auf der Klinke atmete Pulp tief ein. Zu spät zur Umkehr. Er ließ die Tür in den Angeln krachen. Richard Delègue duckte sich hinter seinem Schreibtisch in den Sessel, als er seinen Besucher erkannte. Staunen, Furcht, Ungläubigkeit – Gabriel gelang es nicht, das Zucken im Gesicht des Direktors zu interpretieren.

«Monsieur Granger? ... Was ...»

«Schnauze.»

Ohne weitere Erklärungen machte er die Tür hinter

sich zu. Der Schlüssel steckte im Schloß und machte einen doppelten Salto seitwärts.

«Aber ...»

«Schnauze, hab ich gesagt.»

Voller Unbehagen, als sei ihm sein Anzug zu eng, griff Delègue nach dem Telefon und begann, eine Nummer zu wählen. Mit vorgetäuschter Gelassenheit trat Pulp hinzu und drückte den Finger auf die Gabel.

«Es ist nicht sehr höflich zu telefonieren, wenn man Besuch hat. Hat deine Mutter dir keine Manieren beigebracht?»

Delègue legte den Hörer wieder auf und musterte diesen Mann, der sich seiner sehr sicher zu sein schien, geradezu unerschütterlich.

«Was wollen Sie?»

«Die Wahrheit. Schau, das ist ganz einfach ... Zwei Wörter, drei Silben. DIE WAHR-HEIT.»

«Die Wahrheit über was?»

«Den Tod von Mathias unter anderem.»

«Ich weiß nicht mehr, als was Sie bereits wissen.»

Gabriel belohnte die Antwort mit einem kleinen Lächeln. Warum mußte sich der Mensch, den man mit der Nase in der Torte erwischte, immer darauf versteifen, alles abzuleugnen? In manchen Fällen ist Ableugnen Lügen. Er selbst war da keine Ausnahme. Hatte er nicht ebenso reagiert, als ihm die Gorillas auf den Pelz gerückt waren?

«Gut», seufzte Pulp, «ich glaube, es ist an der Zeit, ein paar Sachen klarzustellen, sonst behandelst du mich noch länger wie einen Trottel ... Es ist seltsam, aber seit einiger Zeit vertrage ich das nicht mehr», fügte er hinzu und zog seine Luger.

Bei ihrem Anblick zerschmolz Delègue. Er konnte

seinen Blick nicht mehr abwenden von der eindrucksvollen Handwaffe, deren Lauf hypnotisch auf ihn gerichtet war.

«Was ist denn in Sie gefahren, hören Sie auf. Sie sind verrückt ...»

«Aber ja doch, mein Freund, vollständig übergeschnappt. Plemplem im letzten Stadium. Und außerdem Psychopath. Dumm, nicht wahr? Siehst du, eines Tages ist die Sicherung rausgesprungen, und sie finden keinen Ersatz in der passenden Größe. Gezwungenermaßen passiert es mir, daß ich Dummheiten mache, aber keine Angst, ich bereue es nie.»

Während Gabriel um den Schreibtisch herumging, um sich Delègue zu nähern, genoß er die Wirkung des Mort Subite genannten Bieres, das er getrunken hatte, bevor er alles auf eine Karte gesetzt und sich in die große Schlacht gestürzt hatte.

«Und nun höre ich dir zu.»

«...»

«Wie ist das, ich habe dich schon weniger schüchtern gesehen!»

«...»

«Okay, laß mich die Spielregeln klarstellen. Sie sind ganz einfach. In dem Ding, das du in meiner Hand siehst, stecken fünfzehn Kugeln, und du hast nur zwei Knie ... Verstanden? Bist du gut im Rechnen? Also, du wirst mir jetzt antworten ... Was ist Mathias zugestoßen?»

«Keine Ahnung, ich schwöre Ihnen, ich weiß nichts darüber ...»

Seine Augen quollen aus den Höhlen. Seine Stimme zitterte. Gabriel war das egal. Er näherte seine Automatik dem einen Knie des Direktors.

«Genaugenommen ist dir das Laufen egal ... Du verbringst ohnehin die meiste Zeit im Sessel, hab ich recht? Dank meiner wirst du dir einen Rollstuhl gönnen können ... Reizt dich das nicht, ein Rollstuhl?»

«Ich hab nichts damit zu tun, glauben Sie mir!»

Ohne die Waffe zu bewegen, packte Gabriel Delègue am Bart und zwang ihn, ihm den Kopf zuzuwenden.

«Richard», sagte er so leise und so eisig er konnte, «nach den Knien kümmere ich mich um die Ellbogen!»

«Ich war's nicht ... Ich habe ihn nicht getötet!»

«Wer dann?»

«...»

«Wer war es?»

«Das ... das ... das kann ich nicht sagen.»

Gabriel rief ihn zur Ordnung, indem der ihm die Luger unter die Kniescheibe drückte. Auch wenn er große Lust dazu verspürte, verkniff er sich jegliches Lächeln. Seine kleine Nummer begann Früchte zu tragen. Zugegeben, die Methode war zweifelhaft, aber das würde er später regeln, wenn er die Gelegenheit hätte, sich ein kleines Duell mit seinem Gewissen zu gönnen. Zu Sankt Nimmerlein.

«Richard, ich zähle bis zwei. Zwei, mehr nicht ... Eins ...»

Das Leben schien stillzustehen, aufgehängt am Lauf der großen, gegen die kleine runde Knochenscheibe gedrückten Knarre. Während sich sein Zeigefinger am Abzug krümmte, dachte Pulp, daß die Angst nach Schweiß roch. Nach dem Schweiß, den gewisse Köter wahrnehmen, ehe sie angreifen. Konnte Delègue riechen, daß Gabriel selber Angst hatte? Konnte er spüren, daß er Anrecht auf eine Gnadenfrist hätte? Konnte er begreifen, daß es viel schwieriger ist, aus nächster Nähe auf den erstbesten Typen zu schießen, als es den Anschein hat? Konnte er das verstehen, oder war er viel zu besessen von seiner eigenen Angst, die blind macht? Angst, die theoretisch auch die verstocktesten Zungen löst.

«Z ...»

«Mathias wußte zu viel», beeilte sich der Direktor zu sagen. «Man ... Will sagen, sie hatten keine andere Wahl!»

«Wer ‹sie›? Céline Fressaincourt und ihre Clique?» fragte Gabriel und lockerte den Druck der Pistole gegen das Knie ein bißchen.

«Sie ... Sie kennen sie?»

«Ich weiß viel mehr, als du glaubst. Ich rate dir also ab, mir irgendeinen Seich zu erzählen. Und vergiß nicht, du hast nur zwei Arme, zwei Beine, und beinahe hätte ich's vergessen, du hast zweifellos auch zwei Eier ... Also?»

Also legte Delègue die Karten auf den Tisch. Vielleicht weil er erleichtert war, seine Kumpane nicht zu verraten. Und Gabriel mußte sich ziemlich zusammenreißen, um bis zum Schluß stillzuhalten.

Delègue fand Céline Fressaincourt, geborene Rocasse, in ihrer Jugend zauberhaft. Eins von den Mädchen, die man unermüdlich verfolgt, ganz und gar in dem Wissen, daß es verlorene Liebesmüh ist. Eine Liebe, größer als das eigene Herz, die einem jeden Tag ein Stückchen weiter verlorengeht. Zu einem Mädchen, das seine Arroganz, seine Schönheit und seine Lebenslust spazierenträgt. Das verhöhnt, das nichts sieht, nicht sehen kann, nicht sehen will. Eine totgeborene Liebe. Erstickt, ehe sie erblüht. Eine Liebe voller Narben. Auf Leben und Tod. Wie tätowiert. Ungezähmte Spuren unbefriedigter Impulse. Für immer eingravierte Wahnvorstellungen. Eine unauslöschliche Liebe. Töricht außerdem. Eine Liebe, die von allen weiteren niemals wirklich ersetzt werden konnte ... Jahre verstrichen. Ihre Wege hatten sich längst getrennt. Und dennoch hatte er sie niemals vergessen können, sie, die seine verrücktesten Hoffnungen genährt hatte. Und da führte der Zufall sie wieder auf seinen Weg. Jahre später. Verheiratet, zur Frau geworden, nach wie vor begehrenswert. Und diesmal wollte er die Gelegenheit nicht wieder ungenutzt verstreichen lassen. Ja, nur in der Zwischenzeit hatte seine Schöne sich ein bißchen verändert. Vor allem ihr Geschmack. Sie hatte inzwischen eine spezielle Vorliebe für zartes, junges Fleisch. So wurde Delègue im Tausch gegen wohlkalkulierte Umarmungen zu ihrem Hauptlieferanten. Das Waisenhaus war eine unerschöpfliche Reserve an Kindern und Jugendlichen, auf die niemand besonders achtete. Sie hatte alle Muße, ihre kleinen, sehr privaten Abende unter Freunden zu organisieren. Eine verdorbene, traumatisierte Kindheit. Das ganze hätte in aller Gleichgültigkeit noch lange so weitergehen können, wenn Mathias nicht gewesen wäre. Mathias stammte aus weniger schlechten Verhältnissen als die anderen Kinder und war um einiges reifer, so daß er bald erkannte, was sich da in seinem Heim abspielte. Er hatte begriffen, daß diese Kinder dazu dienten, die niedrigsten Instinkte von Erwachsenen zu befriedigen. Er hatte verstanden, daß die kleinsten der Kinder den unterschiedlichsten Perversionen unterworfen wurden. Den schlimmsten sexuellen Entgleisungen.

Er hatte es erkannt.

Er hatte sie anzeigen wollen.

Unglücklicherweise hatte Mathias, kurz bevor er

ausriß, einen Fehler begangen. Er hatte Julie davon erzählt, zu der er ein besonders gutes Verhältnis hatte. Streng ausgefragt, war das junge Mädchen nach kurzer Zeit weich geworden und hatte die Absichten ihres Freundes gestanden. Für die Killer, die sich auf seine Fersen gehaftet hatten, war es ein Kinderspiel gewesen, Mathias bei Pierre Valette wiederzufinden.

Die Fortsetzung brauchte sich Gabriel gar nicht erst anzuhören. Er konnte sich die Szene ausmalen. Grauenvoll. Nachdem der Mord an Valette als Selbstmord verkleidet worden war, hatten sich die von Céline Fressaincourt angeheuerten Killer auf ihre Weise um Mathias gekümmert.

Schweigen. In seinen Sessel zusammengesunken, muckte Delègue nicht mehr und mied sorgfältig Pulps Blick, der die Wahrheit nicht akzeptieren wollte und nur schlaff den Kopf schüttelte. Was für eine Drecksau. Das Wort hämmerte unermüdlich gegen seine Schläfen. Dann hob er langsam die Luger. Delègue begann krampfartig zu zittern, als der Lauf sich ganz glatt mitten auf seine Stirn drückte.

19

PULP mag keine Köter

Ballermann gegen Stirn. Flüchtige Gedanken gegen schwarzes Loch, umrandet von eisigem Stahl. Mensch gegen Waschlappen. Gefühl von gutem Recht gegen menschliches Versagen. Die Zeit verrann ganz langsam unter Gabriels Zeigefingerspitze.

Zeit. Greifbar geworden. Eine eigene Einheit. Kostbar.

Zeit. Zum Nachdenken, was er tun würde. Mit dem

armseligen Wicht, den er vor sich hatte. Zu lebendig, um zu schweigen. Dessen Schließmuskel nachgegeben haben mußte, so fürchterlich war der Gestank. Ein Sieg, auf den Pulp gerne verzichtet hätte. Der ihm nicht half, die Lösung zu finden.

«Und Julie weiß das alles?»

Zwischen zwei Stößen bejahte Delègue mit einem kleinen Kopfnicken.

«Und natürlich macht sie es wie alle anderen ... sie schweigt. Aus Angst, das gleiche Schicksal zu erleiden wie Mathias?»

Wieder ein kleines Kopfnicken, zaghaft.

«Und wo ist sie im Augenblick?»

«...»

Wo ist Julie?»

«Bei ... den Fressaincourts! ... Sie wollen sicherstellen, daß ... daß es keine weiteren Entgleisungen gibt ...»

«Was verstehst du unter Entgleisung?»

«...»

«Bin ich die Entgleisung?»

«...»

«Antworte mir, du wandelnder Scheißhaufen.»

«Sie ... Sie haben ihnen Angst eingejagt ... Die haben sich gefragt, was Sie in der Sache zu suchen haben.»

Gabriel fühlte, wie sich von der Tiefe seines Bauchs ausgehend alle Muskeln seines Körpers anspannten. Er hatte plötzlich eine unbändige Lust, diese Scheiße, die er vor sich hatte, abzuknallen.

«Ich müßte dich umbringen», artikulierte er ganz langsam. «Für alles, was du getan hast, müßte ich dich umbringen.»

Delègue muckste sich nicht. Dieser Konditional klang nach Hoffnung. Nach Aufschub. Um nicht zu sagen nach Vorsehung. Man konnte nicht sagen, daß er das Leben sonderlich liebte, der Direktor, aber er hatte es keineswegs eilig, die Rückseite der Kulissen zu erforschen. Er hätte ebenfalls gern auf die Hand von Gabriel verzichtet, die seine Haare fest gepackt hatten. Er hätte auch gerne dieser eisernen Faust den Weg versperrt, die seinen Kopf, ohne daß er etwas dagegen tun konnte, mit Höchstgeschwindigkeit auf die Schreibtischplatte zusteuerte. Gesichtserker als Kundschafter voraus, Zähne als Vorposten – fast sein ganzes Gesicht krachte darauf. Dumpfes Geräusch mißhandelten Fleisches, Knirschen der Knorpel, der Geschmack von Blut im Mund ersetzte sehr schnell den von Möbelwachs.

«Das ist für Mathias», begnügte sich Gabriel eisig zu sagen. Delègue fühlte sich nach hinten gezogen. Kurzfristige Illusion. Die Eiche seines Schreibtisches küßte ihn noch einmal. Diesmal spürte er, daß sein Jochbein dieser Schockbehandlung nicht standgehalten hatte.

«Und das ist für Pierre Valette.»

Wie eine zerbrochene Marionette krachte Delègue mit voller Wucht ein drittes Mal auf die Schreibtischplatte.

«Und das ist für Julie und all die anderen Kinder.»

Beim vierten Mal verlor er das Bewußtsein und hörte Gabriel nicht mehr sagen:

«Und das hier, das ist für mich ... ... Denn ich habe es gar nicht gern, wenn man mir die Fresse einschlägt, ohne daß ich weiß, warum», fügte er hinzu, denn diese Energieverschwendung hatte den Schmerz in seinen Rippen wieder geweckt.

Als Delègue mit verschwollenem Gesicht und halb geschlossenen Augen stöhnend wieder zu sich kam, hatte Gabriel ein wenig Distanz gewonnen. Ausreichend, um sein Werk mit einem Blick zu umfassen, in dem ein Schimmer von Befriedigung aufleuchtete. Diese aufsehenerregende körperliche Transformation erinnerte ihn an Lichtenberg:

«Sich in einen Ochsen zu verwandeln ist noch kein Selbstmord.»

«Willkommen im Reich der blauen Flecken, Kumpel ... Keine Sorge, es ist weitaus weniger schmerzhaft als eine zerschundene Seele.»

Ungläubig betastete Delègue die Umrisse seines Gesichts. Er hatte das Gefühl von unförmigem Magma, aus Fleisch und Blut gemischt.

«Gut, raff dich auf, wir haben noch anderes zu tun», erklärte Pulp.

Mehr schlecht als recht versuchte Delègue, ein wenig von seiner verlorenen Würde wiederzufinden, die in gewisser Weise auf seinem Schreibtisch kleben geblieben war. Verstört und ohne je die schwarze Realität der Luger aus den Augen zu verlieren, benutzte er das Papiertaschentuch, das ihm Gabriel vor die Nase hielt. Eine überreife Melone.

«Okay, Kumpel ... deine Finger. Sind deine Finger in Ordnung?»

«?»

«Perfekt. Du wirst mir jetzt also alles, was du mir erzählt hast, schriftlich geben. Und zwar hoppla! Papier, Schreiber, und an die Arbeit!»

«...»

«Deine Liebesgeschichte mit der charmanten Céline Fressaincourt kannst du ruhig weglassen. Ich fürchte, daß das ein bißchen zu lyrisch wirken könnte. Los!» beharrte Gabriel und legte einen Schreibblock und einen Filzschreiber vor Delègue. «Tapfer ans Werk, Alter!»

«Was wollen Sie damit machen?» brachte der Direktor mühsam hervor.

«Eine kleine Schauergeschichte ... Die ich später meinen Enkelkindern erzählen kann ... Ach, und wenn du schon dabei bist, mach auch eine Liste mit sämtlichen Namen der Leute, die an den Schweinereien von Mutter Fressaincourt teilnehmen. Ab die Post, mein Freund.»

Delègue nahm den Filzschreiber in die Hand und starrte auf das schwindelerregend weiße Papier. Aber er konnte sich nicht aufraffen, das zu tun, was Pulp verlangte.

«Soll ich es dir vielleicht diktieren? ... Also schreib: Ich, Richard Delègue, erkläre hiermit ...»

«Die bringen mich um, wenn ich das tue!»

«Das ist dein Problem ... Das hättest du dir früher überlegen müssen ... Und mit ein bißchen Glück hast du vielleicht genug Zeit, um in ein Flugzeug zu hüpfen ... Direkt nach Südamerika ... Peru, die Anden ... Ich habe das Gefühl, daß es dir an den Ufern des Pipicaca gefallen wird ... Los, schreib jetzt, oder ich werde wirklich sauer.»

Angesichts von Pulps Entschlossenheit verfaßte Delègue einen kurzen Schrieb. Er fügte eine kleine Liste von Personen, die in die Affäre verwickelt waren, hinzu und signierte. Während der ganzen Zeit starrte ihn die Luger mit ihrem unheilverkündenden, unbeugsamen Auge an. Gabriel ging um den Direktor herum, bemächtigte sich seiner Prosa, las sie aufmerksam durch und nickte zögernd.

«Könnte besser sein, aber na ja ... das Wesentliche ist da.»

Dann interessierte er sich für die Liste. Beim ersten Überfliegen kannte er nur einen Namen, den eines zweitrangigen Schauspielers. Dann zeigte er auf die anderen.

«Wer ist das hier?»

«?»

«Was ist er von Beruf?»

«Er leitet ein pharmazeutisches Labor.»

«Und der?»

«Staatssekretär.»

«Der hier?»

«Weiß nicht genau ... Er hat Geld ... Ich glaube, er hat lange in der Modebranche gearbeitet.»

«Der da?»

«Ein ... ein Polizeikommissar.»

Die Liste enthielt nur einen Namen mit weiblichem Vornamen. Einen Namen, den Gabriel nach kurzem Nachdenken auch kannte: eine Möchtegern-Romanschriftstellerin, die sich auf Erotik und Pornographie für Paare in Schwierigkeiten spezialisiert hatte. Pulp las nicht weiter, aus Angst vor einer Magenverstimmung. Staatssekretär ... Polizeikommissar ... einflußreiche Persönlichkeiten, gefürchtet und respektiert. Jetzt konnte er besser verstehen, warum die Affäre vertuscht worden war. Er kapierte auch, warum man dem sensationsgeilen Publikum diese Geschichte von dem gewalttätigen Penner serviert hatte. Die er selber beinahe gefressen hätte.

Gabriel bemächtigte sich des Telefons und wählte Marylines Nummer.

«Ich bin's», erklärte er lakonisch, als sie antwortete. «Hör zu, ich kann dir im Moment keine Einzelheiten erzählen, aber es ist wichtig. Kannst du mich in fünfzehn Minuten an der Ecke Rue de Ménilmontant, Ecke Rue des Pyrénées treffen? ... Ach, noch was, versuch bitte, mir Bindfaden oder Schnur oder so was mitzubringen. Unter Umständen taugen auch ein paar alte Lappen ... Gut, beeil dich ...»

Gabriel legte auf und betrachtete Delègue, der in seinem Sessel hockte, und gönnte sich ein paar Sekunden des Nachdenkens. Dann faltete er den Brief zusammen und steckte ihn in einen Umschlag, den er in die Innentasche seines Blousons schob.

«Noch etwas», fragte Pulp. «Die Erzieher, die hier arbeiten, sind die im Bilde über das, was du mit dieser Schnalle von Fressaincourt mauschelst?»

«Nein.»

Die Antwort überzeugte Gabriel nicht. Er hatte keinerlei Spur von Ehrlichkeit darin entdeckt.

«Lüg mich nicht an, oder du frißt gleich den ganzen Fußboden! Und glaub mir, anschließend kannst du als Termite arbeiten ...»

«Ich schwöre Ihnen ... ich bin der einzige, der davon weiß.»

Die Blutblase, die zwischen seinen Lippen entstand, als er den letzten Satz sagte, gab ihm das Aussehen einer Kröte. Gabriel achtete nicht darauf.

«Und keiner von ihnen findet es seltsam, daß die Kinder zwischendurch mal verschwinden?»

«Sie ... glauben, es sei für einen guten Zweck ...»

«Also wirklich ... Was mich an der Sache beunruhigt, ist, mir vorzustellen, daß du dich am Morgen noch im Spiegel anschauen kannst.»

Delègue antwortete nicht. Gabriel schaute auf seine Uhr und ging ans Fenster, um einen diskreten Blick auf den Hof zu werfen. Alles schien ruhig.

«Gut, aufgestanden», befahl Pulp.

«Wo ... wo bringen Sie mich hin?»

«Luft schnappen. Siehst du nicht, daß du unter deinen Wunden ganz bleich bist? Los, beweg deinen Arsch, sonst setzt du noch Schorf an.»

Delègue erhob sich behutsam aus seinem Sessel. Ein

Auge war inzwischen völlig zugeschwollen. Blutspuren hatten Zebrastreifen auf seinem Gesicht hinterlassen und bildeten krustige Stalaktiten an seinen Bartspitzen. Mit Hilfe eines mit Spucke befeuchteten Taschentuchs versuchte Gabriel, sein (un)menschliches Aussehen ein wenig wiederherzustellen. Dann stellte er sich hinter den Direktor und schob ihm die Luger unter die Jacke, schön warm in die Nierengegend.

«Ich nehme an, du hast die Spielregeln verstanden ... Du schreist, und du bist tot. Du versuchst was auch immer, und du bist tot. Du zuckst auch nur mit der Wimper, und du bist tot ... Ist das klar genug, oder ziehst du vor, daß ich sofort abdrücke und wir dann später darüber reden?»

«Ich habe verstanden», murmelte Delègue.

«Ausgezeichnet. Also vorwärts.»

Aneinandergeschweißt wie siamesische Gelegenheitszwillinge, stiegen sie problemlos die Treppe hinunter, die auf den Hof führte. Draußen hörte man die Geräusche der Stadt. Ein paar Halbwüchsige musterten die seltsame, ein wenig hinkende Mannschaft, die den kürzesten Weg an ihnen vorbei zum Ausgang suchte und sorgfältig ihren Blicken auswich.

«Donnerwetter, die Fresse! ... Den hat wohl 'ne Mücke gebissen, oder?» gab einer der Jungen von sich, der gesehen hatte, daß sein Direx nicht in allerbester Verfassung war.

«Nicht der Rede wert, Jungs ... Monsieur Delègue ist über seinen Schnürsenkel gestolpert. Ist die Treppe runtergefallen ... Keine Sorge, ich bringe ihn ins Krankenhaus», tröstete Gabriel und dachte im stillen, daß er einen miserablen Schönheitschirurgen abgeben würde.

Er sah, daß Delègue mit den Zähnen knirschte, die

noch übrig waren. Doch das Grinsen, das er in den Kindergesichtern hatte aufleuchten sehen, war Balsam für seine Seele. Don Quijote, aufgeplustert mit CO_2. Fast glaubte er, er sei in Holland, dem anderen Land mit den Windmühlenflügeln. Über Tulpen fühlte er sich stark, es mit der Armee des Windes aufzunehmen.

20 PULP mag keine Köter

Die Straße voll von Leuten, blind für ihren Nächsten. Sie hatten es eilig, nach Hause zu kommen. Erstickt von der Schwerkraft und getaucht in ihren täglichen Gestank, bot die Straße einen relativen Schutz. Gabriel fühlte durchaus ein paar Blicke, die sich flüchtig auf seine Schultern richteten, aber er zog es vor, ihnen nicht zu begegnen. Er beschränkte sich darauf, Delègue mit der Spitze seiner unter der Jacke versteckten Waffe durch wechselnde Perspektiven zu steuern. Die im Augenblick ziemlich eingeschränkt waren.

Maryline war zur Stelle. Ihre Silhouette hob sich an der Ecke der Kreuzung leuchtendblau vor brandigbraunem Hintergrund ab, ein Angelpunkt im Niemandsland, keine zehn Meter von dem 106 entfernt. Eine Straße weiter kontrollierten zwei durch und durch polizeiliche Uniformen die Routine dieses Spätnachmittags. Gabriel schob Delègue vor sich her und beschleunigte die Schritte. Sie überquerten die Straße, indem sie sich zwischen Stoßstangen durchjonglierten. Fahrbahn, Rinnstein, Bürgersteig – Maryline wurde sichtlich größer. Pulp schnappte sie sich im Vorbeigehen und nahm sie zu dem Peugeot mit, der auf einem kostenpflichtigen Parkplatz stand.

«Du fährst», sagte er zu der jungen Frau und gab ihr die Wagenschlüssel.

Maryline reagierte sofort und schloß die Türen auf. Gabriel schob Delègue auf den Rücksitz und setzte sich daneben.

«Fahr los», knurrte Pulp, der gesehen hatte, daß die Bullen gefährlich näher gerückt waren.

«Zwei Sekunden, damit ich an die Pedale reiche», antwortete Maryline, die sich abmühte, ihren Sitz vorzurücken.

Schließlich gelang es ihr. Fieberhaft steckte sie den Zündschlüssel ins Schloß, rollte ein Stück rückwärts und fuhr genau in dem Augenblick los, als die Polizisten auf der Höhe des Wagens angelangt waren. Gabriel stieß einen winzigen Seufzer der Erleichterung aus, und sein Blick kreuzte den von Maryline im Rückspiegel.

«Wo fahren wir hin?»

«Im Augenblick immer geradeaus.»

«Ich hoffe, du hast gute Gründe ...»

«Die besten, die es gibt. Stimmt's, Alter?» fügte Pulp hinzu und schlug Delègue mit der flachen Hand auf den Schenkel.

Der biß die Zähne zusammen und antwortete nicht. Er ließ das, was von seinem Blick übrig war, über die Häuser wandern, die vorüberglitten.

«Warst du das, der ihn so zugerichtet hat?»

«Was denkst du denn ... Er hat sich beim Rasieren geschnitten.»

Maryline konzentrierte sich einen Moment auf das Fahren, bevor sie hinzufügte:

«Ich mag so was nicht!»

«Ich auch nicht», gab Gabriel zurück. «Bieg da vorn nach links ab.»

Gabriel dirigierte Maryline zum Boulevard Périphérique. Sie fuhr sicher und verstand es, den Fallen des Pariser Straßenverkehrs geschickt auszuweichen.

«Hast du gefunden, um was ich dich gebeten habe?»

«Hier», antwortete Maryline und zeigte auf den Beifahrersitz, auf dem eine Stofftasche thronte.

Ohne seinen Passagier aus den Augen zu lassen, prüfte Gabriel den Inhalt. Ein dickes Bindfadenknäuel und eine Nylonschnur. Das würde es tun.

Der Périphérique und die äußeren Boulevards waren überlastet. Sie mußten sich in Geduld fassen. Maryline hatte es aufgegeben, Pulp zu befragen, und schaltete das Radio ein. *Julia*, ein altes Stück von *Pavlov's Dog* füllte den Peugeot. Um das Warten auszufüllen, fing Gabriel an, von Bier zu träumen. Mit trockener Kehle malte er sich (purer Masochismus) aus, was er in einer gut bestückten Taverne bestellen würde. Die bloße Erinnerung an Namen wie Mac Ewan, Dab oder Guinness ließ ihm derart das Wasser im Mund zusammenlaufen, daß er sogar das erstbeste Kro, oder schlimmer noch, ein Valstar, von dem er sich fragte, ob es noch immer gebraut wurde, runtergekippt hätte. Endlich lichtete sich der Verkehr ein wenig, und sie erreichten die A13. Maryline blieb vorsichtshalber auf der rechten Spur der Autobahn. Am Kreuz von Rocquencourt bat Gabriel Maryline, Richtung Dreux abzufahren. Nachdem sie Bois d'Arcy hinter sich gelassen hatten, wies Pulp auf ein ruhiges kleines Wäldchen unweit der Straße.

«Halt dort an.»

Maryline tat wie geheißen, parkte den Wagen unter den Bäumen und schaltete den Motor aus.

«Wie wär's, wenn du mir ein bißchen erklären würdest, was du vorhast?»

«Alles zu seiner Zeit ... Erst mal müssen wir uns um ihn kümmern», gab Gabriel zurück und machte die Wagentür auf. «Keine Sorge, ich werde dir einen vollständigen Bericht liefern», fügte er in freundlicherem Ton hinzu, da er einen finsteren Blick von Maryline aufgefangen hatte.

«Und der da? Willst du ihm hier unter den Fichten ein Grab schaufeln, oder hast du vor, ihn den Spatzen zu überlassen?»

«Du bringst mich auf eine Idee. Aber es ist nicht ganz das, was ich vorgesehen hatte ... Also, steig aus!» befahl er Delègue und schubste ihn aus dem Auto.

Dann machte es Gabriel wie im Fernsehen. Er zwang den Direktor, sich breitbeinig vor das Auto zu stellen, Kopf auf dem Wagendach und Hände hinter dem Rücken. Dann fesselte er ihm sorgfältig und stramm die Handgelenke. Währenddessen rauchte Maryline, die sich von dem jämmerlichen Anblick abgewandt hatte, nervös eine Zigarette. Sie drehte sich erst wieder um, als Pulp den Kofferraumdeckel des Peugeots aufmachte.

«Du willst ihn doch nicht da reinstecken?»

«Wenn du wüßtest, was dieser Mistkerl treibt, würdest du auch finden, daß dieser Kofferraum einer Suite im ‹Georges V› noch viel zu ähnlich ist ... Übrigens, lies das mal», fügte er hinzu und reichte ihr das Blatt, das er eingesteckt hatte.

Auf den vier Spuren rollten die Autos in von Menschenhand geschaffener Regelmäßigkeit dahin. Gabriel hatte das Steuer übernommen. Er fuhr mit knapp 110 und entlockte dem Motor ein helles, kontinuierliches Surren. Neben ihm auf dem Todessitz saß Maryline, schmollend den Blick auf den Horizont geheftet, und muckste nicht. Sie war nicht einverstanden. Ganz und gar nicht einverstanden, daß Gabriel die Angelegenheit weiterhin «solo» handhaben wollte. Sie hatte es ihn wissen lassen, als er Delègue geknebelt in den Kofferraum sperrte.

«Was willst du? Was mußt du unbedingt beweisen? Der Schrieb reicht vollständig aus, um sie alle abstürzen zu lassen ... Ich weiß nicht, wir sollten ihn dem *Canard Enchainé* in die Hände spielen ...»

«Du vergißt die kleine Julie ... Es ist mein Fehler, daß sie sie haben.»

«Dann laß uns eben zu den Bullen gehen ... Nicht alle Polizisten sind pädophil ...»

«Du hast recht ... Und was sagen wir ihnen? Daß wir ein nettes, hübsch verpacktes Geschenk im Kofferraum haben? Wie auch immer, ich habe dir doch gesagt, daß ich nicht zur Polizei gehen kann.»

«Aber ich kann.»

«Nein.»

«Glaub mir, du hast schon genug gemacht ... Es ist Zeit, die Sache aus der Hand zu geben.»

«Versteif dich nicht darauf, sonst kannst du per Autostopp nach Paris zurück. Es sei denn, du ziehst es vor, unserem charmanten Passagier Gesellschaft zu leisten.»

Anschließend hatten sie kein Wort mehr gewechselt. Zwanzig Kilometer vor Dreux nahm Gabriel die Ausfahrt nach Houdan, einer bezaubernden Kleinstadt, beherrscht von den abgenutzten Steinen eines mittelalterlichen Wehrturms, der, den Umständen gerecht, in Dämmerlicht getaucht war. Pulp parkte vor einem Supermarkt.

«Ich geh was einkaufen ... Willst du irgendwas?»

«Ja, daß du mich in Ruhe läßt.»

Gabriel insistierte nicht weiter und ging in das Geschäft. Ein Weilchen betrachtete er das Regal mit Bier, das gar nicht so schlecht ausgestattet war. Er zögerte. Und schließlich entschied er sich für einen Sechserpack Heineken, ein Basisgesöff, erfrischend und leicht. Im Vorbeigehen schnappte er noch ein großes Paket Chips, ging zur Kasse und bezahlte. Als er ins Freie trat, war der 106 verschwunden.

«Verfluchte Scheiße!»

Armeschlenkernd beschimpfte er sich im Geiste. Warum war er so ein Idiot gewesen? Erstens, die Zündschlüssel steckengelassen zu haben. Zweitens, Maryline vertraut zu haben. Seit er sie angerufen hatte, war nichts mehr wirklich so gelaufen, wie er wollte. Selbst seine tiefinnersten Überzeugungen waren irgendwie ins Wanken geraten.

«Bleibt nicht viel anderes, als heimzufahren», dachte er halblaut, während er den Parkplatz, eine Allee mit Einfamilienhäusern und ein wenig weiter entfernt Felder, die eine goldene Ernte verhießen, mit dem Blick abtastete.

Um das Ereignis zu feiern, machte er eine Flasche Heineken auf und leerte sie in einem Zug. Einen Rülpser später fühlte er sich schon wesentlich besser. Er hatte schließlich alles getan, was er konnte. Maryline war alt genug, und mit ein wenig Glück würde er das Ende der Geschichte aus der Presse erfahren. Während er ein paar Chips knabberte, leerte er eine zweite und dann eine dritte Flasche Heineken. Dann pißte er (es war nicht der Augenblick, sich zu belasten) gegen ein Mäuerchen und machte sich auf den Weg ins Stadtzentrum. Houdan strahlte Ruhe aus. Der größte Teil der Fensterläden war schon geschlossen, und in den meisten Schaufenstern hing ein Plakat für das Handballspiel, das am kommenden Sonntag in der städtischen Sporthalle stattfinden sollte. Gabriel folgte dem obligatorischen Wanderstrom der Autos und der knatternden Mofas die Grande Rue hinunter. Er kam an beinahe ebenso vielen Apotheken wie Kneipen vorbei, Beweis dafür, daß auch hier die Zirrhose einige Kandidaten hatte. Er blieb stehen, um eine Szene zwischen zwei Männern zu beobachten. Der eine der beiden verfolgte den anderen mit dem Schrei: «Mein Schatz! Mein Schatz!» Aber der fragliche Schatz verschwand, ohne zu antworten, in einem Käsegeschäft mit besonders verlockender Auslage. Pulp sprach den Verfolger an, der gut zwanzig Meter hinterher war.

«Entschuldigen Sie ...»

«Oh nein, lassen Sie sich nicht täuschen», unterbrach ihn der große Typ mit fortgeschrittener Glatze und einem riesigen Muttermal auf seinem glänzenden Schädel. «Das war mein Steuerbeamter!»

«Ich suche nur den Bahnhof», antwortete Gabriel amüsiert.

«Glauben Sie, daß das ein Weg ist, dem Fiskus zu entkommen?»

«Nein, aber man kann gewisse Schwierigkeiten vermeiden.»

Der große Mann lachte und zeigte Gabriel den Weg zum Bahnhof. Geradeaus. Immer geradeaus. Ein Hinweis, den er wörtlich befolgte. Der Straße nach. Wo er spürte, wie die Hölle ihn einholte. Ihn um ein paar Zentimeter überholte, bevor die Scheibe runtergekurbelt wurde.

«Pulp ... Ich hab's mir überlegt ...»

«...»

«Ich mach mit.»

Der Abendstaub legte sich unaufhaltsam über die Landschaft. Um sie besser zu ersticken. Vom Wagen aus konnte Gabriel bald nur noch unbestimmte, von Schlaf übermannte Formen wahrnehmen. Nur die Scheinwerfer leisteten Widerstand und bahnten sich einen Weg durch die geteerte Finsternis der beinahe menschenleeren Landstraße. Mit geweiteten Pupillen steuerte Maryline den Peugeot. Die beweglichen Schatten ihrer Brüste hoben und senkten sich im Rhythmus einer schlecht kontrollierten Atmung wie verführerische Äpfelchen. Nicht weit, etwa acht Kilometer, nachdem sie sich wiedergefunden hatten, kündeten Straßenlaternen die Ortschaft an. Im Sonnenschein mußte Berchères ein großartiges Dorf sein. In der Nacht war es nur ein Wirrwarr von Dachziegeln und gemeinschaftlichen Steinen. Wo die Leiber sich einsperrten. Wo die seltenen Passanten an geradlinig verlaufenden Mauern entlangstrichen. Langsam rollte der 106 suchend durch ein paar Straßen, die sich um die Kirche gruppierten. Zweimal kamen sie bis zum Ende der Ortschaft, wo die Natur noch ein begrenztes Recht hatte, Unkraut und Brombeergestrüpp wuchern zu lassen. Sie kehrten wieder um und fuhren schließlich ganz langsam an dem entlang, was unfehlbar der Besitz der Fressaincourts sein mußte. Ein prachtvolles zweistökkiges Gebäude inmitten eines Parks, geschützt von einer hohen Steinmauer. Gabriel ließ Maryline ein weiteres Mal vor dem Besitz entlangfahren. Das imposante Eichentor ließ nichts hindurchsickern. Alles wirkte ruhig. Unglaublich edel. Sie parkten den

Wagen an einer strategisch günstigen Stelle. An einer Straßenecke, wachsame Nachhut, gute Fluchtmöglichkeit. Stille. Gabriel drehte sich zu Maryline. Weiterhin Stille. Kaum gestört von fernem Hundegebell. Auge in Auge. Tête-à-tête. Austausch feuchter Blicke. Hinter ihnen küßten die weißen, flüchtigen Rauchkringel eines voll funktionierenden Kamins die Nacht und die Unendlichkeit.

«Du rührst dich nicht von der Stelle», sagte er schließlich mit ganz selbstverständlich autoritärer Stimme.

Er reichte ihr den Schrieb mit den Fingerspitzen.

«Wenn ich in einer Stunde nicht zurück bin, verschwindest du. Wenn ich von Kerlen begleitet zurückkomme, verschwindest du. Wenn du irgend etwas Krummes witterst, verschwindest du ... Anschließend läßt du den Wagen irgendwo stehen, ohne dich weiter um das Arschloch da hinten zu kümmern, und verkriechst dich. Wo du willst, so weit weg wie möglich und vor allem nicht in der Wohnung deines Bruders ...»

«Ist das alles?»

«Nein, ich möchte gern, daß du mich küßt.»

Sie vermengten ihre Lippen, und er mußte den Kuß abbrechen, aus Angst vor einer Naturkatastrophe. Bevor er verschwand, gab er ihr den Lichtenberg.

«Hier, damit du dich nicht langweilst. Aber behalte trotzdem den Rückspiegel im Auge.» Maryline schlug das Buch auf einer eselohrigen Seite auf. Unter dem fahlen Schein der Straßenlaterne konnte sie lesen:

«Er schliff immer an sich und wurde am Ende stumpf, ehe er scharf war.»

Allein im Wagen, nur mit dem rauhen Atem von Delègue im Kofferraum, konnte sie nicht verhindern, daß sie zitterte.

Gabriel hatte die diskreten Überwachungskameras entdeckt, die die steinernen Torpfeiler schmückten. Er versteifte sich also nicht auf diesen Eingang, sondern versuchte, eine Schwachstelle im Sicherheitssystem der Hütte zu finden. An einem Ende des Geländes stand Gebüsch nahe an der Mauer und bot den Vorteil relativer Dunkelheit, und gegenüber war nichts als die hohe Mauer eines anderen Besitzes. Die Luger in seinem Rücken vom Gürtel gehalten, versuchte Pulp, die drei Meter hohe scharfkantige Steinmauer zu erklimmen, ohne sich die Finger zu zerschneiden. Er mußte zweimal neu ansetzen, um besseren Halt zu finden. Oben angelangt, überprüfte er aufmerksam das vor ihm liegende Gelände, das von verstreut angebrachten Scheinwerfern gesprenkelt wurde. Der gepflegte Garten und vor allem der perfekt geschnittene Rasen hätten jeden britischen Gärtner vor Neid erblassen lassen. Blumenrabatten, verstreut gruppierte Bäume – er würde sich ungesehen dem Haus nähern und auch ohne Probleme die Lichtkegel vermeiden können, die den Besitz erhellten. Im schlimmsten Fall würde er sich nur ducken müssen. Er konzentrierte sich auf das Haus. Durch die geschlossenen Fensterläden drangen ein paar Lichtstrahlen, geschluckt von zwei Halogenlampen, die das Relief der Fassade beleuchteten. Die Hauswand war von einer imposanten Glyzinie bewachsen, die ihre Zweige bis an die Dachrinne streckte. Verstohlen ließ Gabriel sich auf das feuchte, von Gärtnerkunst durchtränkte Gras gleiten. Er nahm seine Automatikwaffe in die Hand, um für alle Eventualitäten gewappnet zu sein, und schlich sich durch das grüne Labyrinth. Um ihn herum war alles heitere Ruhe, während er selber aus Adrenalin und Schweiß zu bestehen schien. Nur noch ungefähr zehn Meter von der Fressaincourtschen Heimstatt entfernt, hatte er ein beachtliches Hindernis zu überwinden: einen breiten, knirschenden Kiesweg. In drei wohlberechneten Sätzen fand er sich am Fuß der Hausmauer wieder und gönnte sich einige Sekunden Pause. Was tun? Die Feuerkraft eines Torpedos besaß er nicht, und er hatte keine Ahnung, was für ein Kommittee ihn möglicherweise empfangen würde. Wenn es so schlagkräftig war wie jenes, das ihm vor dem Hotel aufgelauert hatte, mußte er sich Sorgen machen. Er ging an der Glyzinie vorbei, die in der leichten Brise raschelte, und näherte sich dem Hauptportal. Die Tür war angelehnt. Alles schien ruhig. Er riskierte einen Blick ins Innere. Dann einen Fuß. Dann den anderen. Er fand sich in einer weitläufigen Diele wieder, die im Halbdämmer lag. Der offenkundige Luxus, die verschwenderische Fülle von Kunstwerken an den Wänden schnürten ihm die Kehle zu. Am Ende das helle Licht einer weit offenen Tür. Aus dem Salon drangen diffuse Trauben von Tönen, die so klassisch waren, daß es Gabriel nicht gelang, den Komponisten zu erraten. Er nahm all seinen Mut in die eine Hand, weil die andere mit der Automatik voll ausgelastet war, und näherte sich dieser Quelle von Licht und Musik, ohne zu vernachlässigen, was möglicherweise in seinem Rücken vorging. Als er die Grenze zwischen den beiden Räumen erreichte, lief ihm ein Schauder über den Rücken. Die beiden widerlichen Köter nonchalant auf den Knien, lehnte Céline Fressaincourt mit makellosem Haarknoten und in einem leichten Kleid bequem in einem Empiresessel und lächelte ihm ungeheuer mondän entgegen.

«Machen Sie sich doch bitte die Mühe einzutreten, Monsieur Granger ... Ich habe Sie erwartet.»

22 Pulp mag keine Köter

Mit drohendem Blick, den Ballermann als Vorposten und natürliche Verlängerung seiner Pranke, tat Gabriel einen Schritt auf Céline Fressaincourt zu. Die beiden Pekinesen begannen augenblicklich mit gefletschten Zähnen und bösartigen Eckzähnen zu knurren.

«Brav, Klytämnestra, Agamemnon! ... Der Herr kommt als Freund. Irre ich mich, Monsieur Granger?»

«Ganz und gar nicht. Ich habe leider keine Blumen gefunden, darum habe ich Ihnen blaue Bohnen mitgebracht.»

«Ja, Blumen sind so vergänglich.»

«Und mit Pralinen sieht man so albern aus.»

Die Fressaincourt verlor ihr Lächeln nicht. Pulp, der immer weitergegangen war, befand sich jetzt nur noch drei Meter von dieser gezwungenen Freundlichkeit entfernt.

«Sehr erfreut, Ihre Bekanntschaft zu machen. Hatten Sie eine gute Fahrt?» fuhr sie fort.

«Ich möchte Sie darauf aufmerksam machen, daß Sie sich nicht in einer Position befinden, mir irgendeine Frage stellen zu können.»

«Sie ahnen gar nicht, wie beeindruckt ich bin. Diese Waffe in Ihrer Hand unterstreicht Ihre Männlichkeit ganz ungeheuerlich.»

Gabriels Miene wurde noch finsterer. Die Frau machte sich nicht nur ganz ungeniert über ihn lustig, sondern legte darüber hinaus eine Selbstsicherheit an den Tag, die ihm ernsthaft auf den Keks zu gehen begann.

«Ich bin Julie holen gekommen.»

«Wovon sprechen Sie, Monsieur Granger?»

«Madame Fressaindingsbums, wir kennen uns noch kaum und Sie fangen schon an, mir auf die Eier zu gehen», gab er trocken zurück. «Ich rate Ihnen, Ihre Attitüde zu ändern, wenn Sie vermeiden wollen, daß ich Ihre beiden Feudel zum Taubenschießen verwende.»

Bei dieser unerträglichen apokalyptischen Vision verlor Céline Fressaincourt sämtliche Spuren von Liebenswürdigkeit. Sie zeigte sich in einem neuen Licht. Eine kalte Frau mit harten Zügen und Flammenwerferblick, der bestens zu dem heißen Parvenue-Dekor paßte. Pulp nutzte seinen Vorteil und fuhr fort:

«Nun, da Sie mich offenbar erwartet haben, dürften Sie auch wissen, daß ich Ihren teuren Freund Delègue besucht habe ...»

Sie antwortete mit einem Zusammenkneifen der Lippen und einem kleinen Kopfnicken.

«Er hat mich über Ihre Aktivitäten und, gelinde gesagt, flotten Methoden unterrichtet ... Ich bin im Besitz eines vollständigen Berichts über alles, was Sie mauscheln und mit wem. Soll ich weitersprechen, oder ziehen Sie es vor, daß ich Ihnen eine Skizze mache?»

«Wenn Sie Ihrer Sache so sicher sind, warum haben Sie sich nicht an die Justiz unseres schönen Landes gewendet? ... Sie gehen unnötige Risiken ein, Monsieur Granger.»

«Sie können sich wahrscheinlich denken, daß ich gewisse Vorsichtsmaßnahmen getroffen habe.»

«Ich bin ganz Ohr.»

«Eine Lebensversicherung, wenn Sie wissen, was ich meine. Unterzeichnet von Ihrem Waschlappen von Freund. Komplett mit Postleitzahl versehen, falls ich nicht wieder auftauchen sollte. Genug, um Ihre Handlanger davor abzuschrecken, eine kleine Überraschung für mich vorzubereiten. Wo wir gerade davon sprechen, ich muß Ihnen noch für das Empfangskomitee gestern nacht vor meinem Hotel danken.»

«Das war ein Irrtum, Monsieur Granger.»

«...»

«Ich will damit sagen, es war ein Irrtum, Sie am Leben zu lassen.»

Sie verharrten einen Moment und starrten sich an. Um zu sehen, wer von beiden entschlossener war. Gegen seinen Willen und trotz allem, was sie darstellte, war Gabriel von der Selbstsicherheit dieser Frau beeindruckt. Das war gefährlich. Eine nicht minder reale Gefahr wie die auf sie gerichtete Luger, die sie allerdings zu ignorieren schien.

«Ich lobe mir die Leute, die Nerven haben wie Pfennigs Stricke.»

Lichtenberg hatte ziemlich recht, und Pulp dachte, daß die Stahlseile der Fressaincourt zum Bau der Normandiebrücke getaugt hätten. Trotz allem konnte er sie nicht durch und durch unsympathisch finden. Wahrscheinlich, weil sie in keinem Moment versucht hatte, ihre Taten zu rechtfertigen. Im Gegenteil, sie bemühte sich offenbar sogar, für sie einzustehen. Mit der Sicherheit von jemandem, der zu oft mit Streichhölzern gespielt hat und die Löschflugzeuge nicht mehr fürchtet. Paradoxerweise hatte Gabriel nicht die geringste Lust, sich über die Gründe auszulassen, die dazu geführt hatten, daß sie einander gegenüberstanden. Es würde die Scheußlichkeiten nicht ungeschehen machen, die die Kinder erlitten hatten. Es würde die Toten nicht wieder lebendig machen. Und es würde auch das Gesicht der Welt nicht verändern. Zum Teufel die Richter mit ihren Gesetzen, zur Hölle die Weltverbesserer mit ihrer Moral. Niemals würden sie die Menschheit daran hindern, auf der von Natur aus oberflächlichen Erdkruste Sauereien zu machen.

Während dieses Austauschs, der so vielsagend war wie ein Film der Brüder Lumière am Ausgang einer Philosophenfabrik ihrer Zeit, hatte Céline Fressaincourt nicht einen Augenblick lang aufgehört, ihre beiden Köter mit Zärtlichkeiten zu verwöhnen.

«Wieviel wollen Sie?» fragte sie schließlich.

«Julie will ich.»

«Nun ... Sie sehen so aus, als ob Sie wüßten, daß sich alles in klingende Münze umsetzen läßt. Und ganz besonders das Schweigen.»

Letzteres wurde genau in diesem Augenblick durch das Klingeln des Telefons unterbrochen.

«Ah, Sie gestatten? ...»

Ohne auf seine Antwort zu warten, schob sie sacht die Hunde beiseite, stand würdevoll auf und ging zu einem schnurlosen Telefon. Gabriel versperrte ihr den Weg.

«Sie gestatten!»

Er drückte seine Waffe unter die linke Brust der Dame, und nachdem er noch zweimal hatte klingeln lassen, nahm er das Gerät selber ab.

«Hallo.»

Nichts am anderen Ende. Knistern in der Leitung. Parasiten.

«Der persönliche Ratgeber von Madame Fressaincourt, ich höre.»

«Bist du's, Arschloch?»

«Kommt drauf an. Und du, wie geht es dir?» fragte Gabriel, der die Stimme des Schlägers wiedererkannt hatte.

«Es wird mir bessergehen, wenn ich deine Fresse in Säure aufgelöst habe.»

«Das ist aber nicht nett ... Mamas böser Bube will sicherlich mit seiner Chefin sprechen?»

«Ich will hoffen, daß du sie nicht angerührt hast.»

«Natürlich nicht, bleib dran, ich geb sie dir.»

Gabriel reichte der Dame das Telefon, trat einen Schritt zurück und befreite die Luger von der Rundung.

«Ja» war das einzige, was sie sagte.

Gleichzeitig hatten sich die Pekinesen genähert. Sie strichen auf Sockenhöhe knurrend um ihn herum. Pulp hatte eine kaum zähmbare Lust, auf diese widerlichen, stinkenden Wollknäuel zu schießen.

«Sehr gut ... Nein, tun Sie nichts, im Augenblick», sagte Céline Fressaincourt, die mit dem Ohr am Telefon ihre Wauwauchen nicht aus den Augen ließ.

Sie gab ein letztes Ja von sich, legte auf und drehte sich zu Gabriel um.

«Die Fliegen haben den Esel gewechselt, Monsieur Granger. Es gibt etwas Neues.»

«So», antwortete Gabriel, der sich aufs Schlimmste gefaßt machte.

«Wir haben Ihre Freundin. Und auch diesen Idioten von Delègue.»

«Ach ja? Wie geht es ihm?»

«Für einen Klaustrophoben könnte es ihm bessergehen. Aber halten wir uns nicht mit Gesundheitsproblemen auf. Ist Ihnen klar, was das alles bedeutet?»

Gabriel sah es nur zu klar und nickte. Der Zweikampf hatte begonnen.

«Das Wichtigste hätte ich beinahe vergessen», fuhr sie fort. «Wir sind gleichzeitig in den Besitz dieses kompromittierenden Dokuments gelangt. Ihre Pläne fallen ins Wasser, Monsieur Granger.»

«Nicht ganz ... Ich habe immer noch Sie!» entgegnete Pulp und versuchte, sich selbst davon zu überzeugen.

«Das ist nebensächlich.»

«Finden Sie?»

«Ja, denn töten werden Sie mich nicht. Sie würden es niemals wagen abzudrücken ...»

«Warum nicht?»

«Weil Sie nicht verlieren mögen. Dieser Brief war Ihr letzter Trumpf. Ich habe fünf Männer, die zu allem bereit sind. Knallhart. Wenn ich tot bin, gebe ich nicht viel für Ihre Überlebenschancen.»

Sie hatte nicht ganz unrecht. Céline Fressaincourt konnte ihm höchstens als menschliches Schutzschild dienen. Und außerdem hatte Gabriel nicht die geringste Lust, sich in eine Metzelei zu stürzen, die das große Risiko in sich barg, Julie und Maryline das Leben zu kosten.

«Also gut ... Was schlagen Sie vor?» fragte Gabriel.

«Ein Tauschgeschäft ...»

«... von gegenseitigen Diensten, nehme ich an.»

«Das wäre wünschenswert. Ich sehe im Augenblick keine andere Lösung.»

«Ich auch nicht», antwortete Gabriel.

Gleichzeitig änderte er die Zielrichtung der Luger. Sie bildete jetzt eine Achse mit einem der pekinesischen Haarknäuel auf dem Fußboden. Ohne die Spur eines Zögerns drückte Pulp auf den Abzug. Der Knall war ohrenbetäubend. Der Hund explodierte buchstäblich unter dem Aufprall des Geschosses. Blut spritzte auf. Das Echo des Schusses hallte von Wand zu Wand und verhallte langsam. Dann stellte sich wieder Stille ein, die von der Stimme der Fressaincourt zerrissen wurde.

«Neiiin!» kreischte sie, warf sich auf die Knie und

nahm die kleine, zerfetzte Fleischmasse auf den Arm. «Klytämnestra, mein Baby ...»

Aber Klytämnestra war mausetot. Ihre Gedärme ergossen sich auf das Kleid ihres Frauchens. Ungerührt schaute Gabriel zu, wie der andere Hund an den Überresten seiner Gefährtin schnupperte, die die Schickeriadame noch immer auf dem Arm hielt. Sie warf Pulp einen Blick zu, in dem Haß und Schmerz einander ablösten.

«Das hätten Sie nicht tun dürfen!»

«Ich bin ganz und gar vom Gegenteil überzeugt», gab Gabriel zuckersüß zurück. «Sie werden mir jetzt zuhören, Madame Fressaincourt. Ihnen bleibt noch ein Hund, und da Ihnen an ihm mehr zu liegen scheint als an Ihnen selber, werden Sie tun, was ich sage ...»

«Wenn Sie das tun ... ich warne Sie ...»

Sie verstummte. In der Tiefe ihrer Augen war der Haß dem puren Entsetzen gewichen. Der zweite Pekinese war gerade in die Ziellinie der schußbereiten Luger geraten.

«Perfekt», brachte Pulp hervor. Es ekelte ihn an. Dieser Frau lagen ihre Hunde mehr am Herzen als Menschen. «Sie werden jetzt Ihre Männer rufen. Sagen Sie ihnen, was Sie wollen, aber ich verlange, daß sie sich zurückziehen.»

«Das soll heißen?» murmelte Céline Fressaincourt unter einem Tränenschleier.

Gabriel entrollte daraufhin die Liste seiner Forderungen. Er wollte alles, alles, alles. Maryline und Julie. Den Brief. Den Wagen startbereit neben dem Haus. Céline und den Hund als Geiseln. Und, wo sie schon davon gesprochen hatte, warum nicht auch ein paar Bündel Scheine für die Unkosten. Und was die Handlanger betraf, so wollte er von ihnen nicht einmal einen kleinen Zeh zu sehen bekommen. Sie hatten nur ihre Waffen im Kofferraum des Wagens zu verstauen. Im Tausch würde er ihnen großzügigerweise Delègue überlassen.

«Der Brief ... Was haben Sie damit vor?»

«Den händige ich Ihnen aus, wenn der Augenblick gekommen ist. Los», fügte Pulp hinzu und reichte ihr das Telefon, «an die Arbeit!»

Die Hände voller Gedärm, legte Céline Fressaincourt behutsam die sterblichen Überreste ihres Hundes auf den Boden.

«Da gibt es nur ein Problem», sagte sie mit noch immer vor Erregung erstickter Stimme. «Julie ist nicht mehr hier.»

«Wo ist sie?» stieß Gabriel hervor und richtete seine Kanone wieder auf den überlebenden Hund, der noch immer an den Resten seiner Gefährtin schnupperte.

«Als ... Nachdem Sie im Heim aufgetaucht sind, habe ich ... habe ich darum gebeten, daß man sie fortbringt. Es wird ihr nichts passieren. Ich schwöre es Ihnen», fügte sie hinzu und flehte ihn mit Blicken an, dem Hund, dem letzten bißchen Zuneigung, das ihr blieb, nichts anzutun.

Ein ziemlich trauriges Schauspiel. Pulp jedenfalls gab sich Mühe, seine Überraschung nicht zu zeigen. Das alles für die Katz. Dieses ganze Scheißtheater, um wieder von vorne anzufangen. Und als einzigen Trost die winzige Hoffnung, die rituellen zwanzigtausend Piepen einzustecken.

«Okay», ließ er sich schließlich vernehmen. «Bringen wir's hinter uns.»

Mit dem Telefon in der Hand übermittelte Céline Fressaincourt die Anordnungen, die Gabriel ihr diktiert hatte. Sie erledigte die Angelegenheit mit Perfektion. Am anderen Ende der Leitung war kein besonderer Widerstand spürbar. Die Männer wurden dafür bezahlt, daß sie gehorchten. Nicht, um zu diskutieren. Das hoffte Pulp jedenfalls.

«Recht so? ... Sind Sie zufrieden?» fragte sie, als sie auflegte.

«*Was die Spannung der Triebfedern in uns am meisten hemmt*», rezitierte Gabriel aus der Erinnerung, «*ist, andere Leute im Besitz des Ruhms zu sehen, von deren Unwürdigkeit man überzeugt ist.*»

«?»

«Lichtenberg», antwortet Pulp nüchtern. «Und es paßt Ihnen wie angegossen.»

22 Pulp mag keine Köter

Wachsam auf jegliches Geräusch, die Sinne auf höchster Alarmstufe, folgte Gabriel vorsichtig der Allee, die zum Tor führte. Den Hund an der Leine und die Luger im Rücken, ging Céline Fressaincourt resigniert vor ihm her, wie ein Automat. Sie hatte einen Großteil ihrer Würde wiedergefunden, trug ihren Kopf wieder hoch und zeigte die charakteristischen verkniffenen Lippen.

Alles schien ruhig. Lustlos.

Wie ein wandelnder Radar suchte Pulp die dunkelsten Winkel des Besitzes ab, er konnte nicht das geringste Lebenszeichen ausmachen. Nicht die geringste Killerfresse. Er beschloß, das Tempo zu beschleunigen. Die Gefahr lauerte vielleicht woanders, heimtükkischer.

Die Schritte der beiden durch gegenläufige Interessen aneinandergeschweißten Gestalten wurden schneller, und die Grenzen des Anwesens waren bald erreicht.

«Los!» begnügte er sich zu sagen, als sie vor dem Tor standen.

Céline Fressaincourt öffnete das schwere Eichentor. Auf der anderen Seite reichten sich Mond und Laternen die Hand, um das Pflaster mit einem gelblichen Schimmer schwach zu beleuchten. Gabriel stieß die Eigentümerin des Geländes in den öffentlichen Bereich hinaus. Bis zum äußersten angespannt, auf alles, vor allem auf das Schlimmste, gefaßt, wagte er sich seinerseits auf die Straße hinaus. Auch dort keine Menschenseele. Mit Ausnahme des 106, der von ihnen abgewandt wenige Meter entfernt parkte. Maryline saß stumm im Schatten auf dem Fahrersitz. Nachdem Pulp sich ein weiteres Mal vergewissert hatte, daß nichts sich rührte, führte er seinen kleinen Verein zum Wagen. Als sie auf seine Höhe kamen, drehte Maryline sich zu ihnen um. Gabriel konnte an ihren Augen ablesen, daß die junge Frau geweint hatte. Er verlor keine Zeit mit der Wiedersehensfreude.

«In welche Richtung sind sie fortgegangen?»

Mit einer Handbewegung zeigte sie ihm die Richtung. Geradeaus.

«Allesamt?»

Maryline antwortete mit einem Kopfnicken.

«Perfekt. Laß den Motor an.»

Und während der Motor zu husten begann, stieß er die Fressaincourt zum hinteren Teil des Autos und machte vorsichtig den Kofferraum auf. Abgesehen von einem kleinen Zettel gut sichtbar in der Mitte war er leer. Der Pulp nahm ihn in die Hand und entzifferte ihn hastig. Die Botschaft war durch und durch lakonisch: «Die Waffen kannst du vergessen. Wir sehen uns wieder, dreckiger Scheißer.»

Gabriel ließ den Zettel in den Rinnstein flattern und Frau und Hund auf den Rücksitz der Karre klettern.

«Ihre Gorillas haben Sinn für Humor», sagte er, während er sich neben die große, ziemlich angeschlagene Rothaarige zwängte. «Fahr los», sagte er zu Maryline, die noch immer die Zähne nicht auseinandergebracht hatte. «Wir fahren zurück.»

Sie verließen das Dorf ohne Zwischenfälle. Dennoch blieb Pulp wachsam. Aber er konnte nichts ausmachen, was aus der Ferne oder der Nähe wie eine Falle ausgesehen hätte. Sie sprachen kein Wort. Hin und wieder hörte Gabriel, wie Maryline schniefte, aber er hatte das Gefühl, daß es im Augenblick verlorene Liebesmühe wäre, sie zu trösten. Vor allem mit Céline Fressaincourt neben sich. Draußen war die Nacht schwärzer geworden. Von Westen her waren Wolken aufgezogen. In enggeschlossenen Reihen, einig und stark gegen jeglichen Himmelsbeobachter. Sie ließen Houdan hinter sich und nahmen die N12. Eine der mörderischsten Nationalstraßen Frankreichs. Echte Massenmörderin. Asphaltierter Todesstreifen.

Gabriel seufzte. Sie würden jetzt wahrscheinlich nicht mehr behelligt werden. Er warf einen Seitenblick auf Céline Fressaincourt, die den Blick starr auf den Horizont richtete und ihren Hund fest umklammert auf dem Schoß hielt. Pulp dachte an den anderen, den er niedergemacht hatte, und kicherte innerlich. Die Legende würde sich nicht wiederholen. Agamemnon hatte von Klytämnestra nichts mehr zu fürchten. Sie würde ihm in Zukunft seine königliche Ruhe gönnen.

Ein paar Kilometer weiter bat Gabriel Maryline, auf

eine kleine Landstraße abzubiegen. Er ließ sie mehrere hundert Meter weiterfahren.

«Bleib dort stehen, und mach alles aus», sagte er und wies auf einen Feldweg, der von der Landstraße abzweigte.

Der 106 blieb mitten in den Feldern stehen. Gabriel schaltete die Deckenlampe ein und wandte sich zur Fressaincourt.

«Es ist an der Zeit, uns zu trennen.»

Sie schaute sich in der finsteren Endlosigkeit der kahlen Felder um und schauderte.

«So ist es nun mal», fügte er hinzu, nachdem er einen funkelnden Blick von Maryline im Rückspiegel aufgefangen hatte.

«Und der Brief?»

«Steigen Sie erst einmal aus.»

«Habe ich Ihr Wort?»

«Aussteigen!»

Céline Fressaincourt und ihr Hund quälten sich aus dem Wagen. Gabriel tat es ihnen nach und griff nach dem Geständnis von Delègue, das auf dem Armaturenbrett lag. Er nahm ein Feuerzeug aus der Tasche und näherte es dem Papier.

«Das kannst du doch nicht machen!» entsetzte sich Maryline von ihrem Sitz aus.

Pulp ließ sich nicht erschüttern und zündete das Papier an. Er beobachtete die blauen und gelben Flammen, die, von einer leichten Brise geschürt, den Zettel verschlangen.

«Zufrieden?» fragte er, nachdem er die verkohlten Reste an den Wegrain fallengelassen hatte.

«...»

«Perfekt. Und nun ziehen Sie Ihre Schuhe aus!»

«Wie bitte?»

«Ziehen Sie Ihre Schuhe aus, habe ich gesagt.»

«Das können Sie doch nicht verlangen.»

«Und ob ich das kann ... *Allez hop!* ... Ihre Füße ein bißchen zu lüften tut vielleicht ihrer Fresse ganz gut.»

Das Gesicht der Fressaincourt lief rot an.

«Sie sind wirklich ein Dreckschwein!»

«Bitte nicht so was. Ich habe es mir auch nicht erlaubt, Sie zu beurteilen. Und dabei ...» sagte er und ließ seinen Satz absichtlich in der Luft hängen.

Céline Fressaincourt führte zwei Finger zu ihren Pumps.

«Beeilen Sie sich, ehe ich die Geduld verliere.»

Sie ließ ihre Schuhe fallen. Gabriel hob sie auf und schleuderte sie auf den Rücksitz. Er warf einen letzten Blick auf diese Frau, die er der kalten Nacht auslieferte, und begab sich wortlos auf die Fahrerseite des Peugeot. Maryline umklammerte noch immer mit beiden Händen das Lenkrad.

«Wenn du willst, fahre ich.»

«Muß ich auch die Schuhe ausziehen?» fragte sie kalt, während sie ausstieg.

«Es ist vorbei», wich Pulp aus.

«Das meinst du!»

Sie stieß ihn zur Seite, ging um das Auto herum und pflanzte sich vor Céline Fressaincourt auf, die sich in ihrem Kleid vor der Kälte zu schützen versuchte und die Arme um die Brust klammerte.

«Sie sind eine der widerwärtigsten Mistbienen, die die Erde je hervorgebracht hat!» stieß sie hervor, ehe sie ihr einen gewaltigen Fausthieb feinster Machart direkt aufs Nasenbein pflanzte.

Céline Fressaincourt kippte nach hinten, ihren Körper und ihren Köter mitreißend. Das Ganze landete am Wegrand. Inmitten von Gänseblümchen und Brennnesseln. Maryline rieb sich ihre schmerzende Hand, verschwendete keine Zeit mehr an das Schauspiel, sondern stieg in den 106.

«Worauf wartest du noch? Fahr los», sagte sie zu Pulp, der seine Überraschung nur schlecht verhehlen konnte.

Kehrtwende. Im Strahl der Scheinwerfer erhaschten sie einen Blick auf Céline Fressaincourt, die sich abmühte, im Gras auf die Füße zu kommen. Bald darauf war sie nur noch ein gestikulierender, kreischender Schatten. Und dann war sie nur noch eine unangenehme Erinnerung. Sie gelangten wieder auf die N12. Gabriel fuhr mit Vollgas, und Maryline klammerte sich an ihren Sicherheitsgurt. Nach und nach rückte die Lichtglocke, die Paris überwölbte, näher und näher.

«Bist du stolz auf dich?» fragte ihn schließlich Maryline, als sie die Autobahn erreichten.

«Wenn du diese Kuh meinst, da hatte ich wirklich keine andere Wahl. Wir müssen Zeit gewinnen, und barfuß wird sie zweifellos ein bißchen länger brauchen, bevor sie die Bevölkerung und ihre Killer auf uns hetzen kann.»

«Davon hab ich nicht geredet. Ganz allgemein gesprochen, bist du zufrieden mit dir?»

«Nein. Ich hätte natürlich besser daran getan, dich machen zu lassen, wenn du das hören willst.»

«So kannst du dich nicht aus der Schlinge ziehen, Pulp», empörte sich Maryline. «Wegen deiner Scheißmethode wären wir beinahe draufgegangen und ...»

Die junge Frau hielt inne, als sie das seltsame Lächeln sah, das sich auf Gabriels Lippen andeutete.

«Und?» wollte er von ihr wissen.

«Und du, du bist einfach zu abgedreht! ... Wie

konnte ich dir nur trauen ... Du kotzt mich an, und ich frage mich, wieso ich überhaupt mit dir rede ... Du bist nichts als ein dreckiger, kleiner Wichser ... Ein Schwein, ein Scheißkerl ... ein ... ein ...»

Maryline war der Hysterie nahe. Die Männer von Céline Fressaincourt mußten ihr die Angst des Jahrhunderts eingeflößt haben, und jetzt gingen die Nerven mit ihr durch. Gabriel wollte versöhnlich sein und legte eine Hand auf ihr Knie.

«Das alles, das weiß ich längst. Komm bitte zur Sache», sagte er mit sanfter Stimme.

«Und der Brief ... Warum um Himmels willen hast du den Brief verbrannt?» fragte sie und stieß Gabriels Hand heftig von ihrem Knie.

«Weil ich es versprochen hatte.»

«Jetzt haben wir nichts mehr in der Hand.»

Anstelle einer Antwort drückte Pulp noch ein wenig mehr aufs Gaspedal. Er klemmte sich auf die linke Fahrspur und flirtete mit den Sicherheitsplanken. Bei 150 gab die Kiste einen solchen Höllenlärm von sich, daß er Maryline nicht mehr hören konnte, die übrigens inzwischen verstummt war. Vielleicht trat sie auf eine imaginäre Bremse.

Volle Pulle nach Paris. Der Riesendildo von Vater Eiffel in der Schußlinie der Elfenbeintürme von La Défense. Um der Monotonie ein Ende zu setzen, nahm Gabriel die äußeren Boulevards und bog dann zum Herzen der Hauptstadt ab. Zu dieser späten Stunde war nicht mehr viel los. Sie gelangten sehr schnell ins 10. Arrondissement. Gabriel lenkte die Peugeot-Schnauze zum unteren Ende der Rue de la Grange-aux-Belles. Er bog langsam hinein, die Luger griffbereit. Er glaubte es nicht wirklich, aber es war nicht ausgeschlossen, daß ihnen Céline Fressaincourt doch noch eine weitere kleine Überraschung vorbereitet hatte. Und auch diesmal schien alles ruhig. Nachdem er an dem Wohnhaus von Pierre Valette vorbeigefahren war, hielt er auf dem Zebrastreifen an.

«Hör zu, Maryline, ich begleite dich jetzt in die Wohnung. Du sammelst deinen Kram zusammen und setzt keinen Fuß mehr hinein. Jedenfalls erst mal nicht, bis sich alles ein bißchen beruhigt hat.»

Sie stimmte mit einem kleinen Kopfnicken zu, und sie stiegen aus dem Auto. Als sie gerade die Haustür erreicht hatten, ging die Tür eines geparkten Wagens auf, und ein Mann sprang wie der Teufel heraus. Gabriel hatte schon nach seinem Ballermann gegriffen, aber der kleine überraschte Aufschrei, den Maryline ausstieß, brachte ihn davon ab, ihn zu ziehen.

«Gilbert! ... Was machst du denn hier?»

In drei Sprüngen hatte sie der fragliche Gilbert erreicht und begann, Maryline wie einen Pflaumenbaum zu schütteln.

«Wo bist du gewesen, du Schlampe? ... Der ist es, mit dem du schläfst, hä? Mit dem da?»

Gabriel musterte den Mann eiskalt und hielt ihn auf, indem er ihn am Jackenkragen packte. Er zog ihn zu sich und verpaßte ihm einen fabelhaften Köpper. Der Kerl sackte auf den Bürgersteig und hielt sich den Schädel.

«Was machst du denn?» schrie Maryline und kniete sich neben Gilbert. «Das ist mein Freund.»

«Mag sein, aber das hindert ihn nicht daran, ein Idiot zu sein.»

Maryline warf ihm einen Blick zu, eine Mischung aus Verachtung und Wut. Dann fügte sie hinzu:

«Hau ab, verschwinde ... ich will dich nicht mehr sehen!»

Unentschlossen, unsicher, welche Attitüde er annehmen sollte, trat Pulp von einem Fuß auf den anderen.

«Hau ab, sage ich!»

Mit einem inneren Tumult im Kopf betrachtete Pulp einen Moment lang das Paar. Dann tauchte er eine Hand in eine seiner Taschen, aus der er ein Diktiergerät zutage brachte.

«Hier», sagte er zu Maryline und hielt ihr die Kassette hin, die er aus dem Gerät genommen hatte. «Das Geständnis von Delègue habe ich mitgeschnitten. Mach damit, was du willst.»

Ein letzter Blick. Er drehte sich auf dem Absatz um und ließ Maryline mit dem Wrack von Freund zurück. Er stieg wieder in den 106 und fuhr lahm los. Er fuhr ein Weilchen ziellos durch die Straßen und plötzlich wußte er, was er tun wollte. Er wollte kotzen. Aber zu diesem Zweck würde er die Hilfe von ein paar Litern Bier brauchen. Mit den fünfzigtausend Francs, die er Céline Fressaincourt abgeknöpft hatte, konnte er gelassen sein. Die Nacht und das Geuze Lambic verfließen lassen.

24

PULP mag keine Köter

In den darauffolgenden Tagen setzte Maryline mit Hilfe der Kassette, die sie anonym zugeschickt bekommen zu haben vorgab, Himmel und Hölle in Aufruhr. Sie nahm Kontakt mit den Journalistenfreunden ihres toten Bruders auf, und die Presse bemächtigte sich der Affäre, die dem Skandal der «Waisenkinder von Auteuil» verdammt ähnlich sah. Auch die Justiz fing an, ihre Nase in die Geschichte zu stecken ... Fortsetzung folgt.

Richard Delègue wurde nicht wieder gesehen. Man wußte nur, daß er feuchten Auges das Heim in Begleitung eines rothaarigen Unbekannten verlassen hatte. Gérard stellte sich ein paar Fragen, auch wenn sein Lieblingsgast inzwischen zu seinem natürlichen Braun zurückgefunden hatte. Pulp seinerseits glaubte, daß der liebe Direktor wohl, umgeben von ein paar hundert Kilogramm ungelöschten Kalks, in der Tiefe eines Einzelgrabs in Auflösung begriffen war. Abschiedsgeschenk der Männer von Céline Fressaincourt.

Auch ihr war kein glücklicheres Schicksal beschert. Der Privatjet, der sie und ihren Ehemann überstürzt in ein fernes, sonniges Paradies bringen sollte, zerschellte kurz nach dem Start. Es gab keine Überlebenden, und die Ermittlungen erbrachten keinen Aufschluß darüber, ob es sich um einen Unfall oder um Sabotage gehandelt hatte. Letztere Hypothese gefiel Gabriel besonders, im Gegensatz zu Cheryl, mit der er sich schließlich doch wieder versöhnt hatte, nachdem er dem Krefelder abgeschworen hatte. Das hieß allerdings nicht, daß er seitdem nur noch bleifreies Tourtel trank, dazu wäre es nötig gewesen, daß er Paul, dem Kellner aus dem Werbespot, über den Weg gelaufen wäre.

Aufgrund von Marylines Enthüllungen wurde Robert Casedaine, der glücklose Penner, auf der Stelle als unschuldig entlassen. Gabriel hat nie erfahren, ob man ihn mit einem Stapel frischer Kartons, einer Kiste Kiravi oder einer Schüssel Suppe aus der Volksküche entschädigt hatte.

Was die übrigen Päderasten betraf, so versuchten sie sich so gut es ging und mit mehr oder weniger Erfolg aus der Affäre zu ziehen.

Ein Mysterium blieb allerdings. Wer war dieser Mann, der den ganzen Höllenzirkus ausgelöst hatte und dessen Stimme auf der Kassette zu hören war? Die diesen rebellischen Tonfall hatte von einem, der nichts zu verlieren hat? Er wurde natürlich gebeten, sich zu erkennen zu geben. Aber dem mit der Sache betrauten Richter gelang es nie, diesen wichtigen Zeugen in die Finger zu kriegen.

Der kleine Flugplatz von Moisselles war eitel Ruhe und Frieden. Gabriel kam seinen Lieblingsmechaniker besuchen. Raymond brütete über einem verzwickten Problem von Zylinderköpfen und Kipphebeln, die auf einer großen, öligen Decke ausgebreitet lagen. Angesichts seiner Körperhaltung servierte Pulp dem Mann statt einer Begrüßung einen seiner Lieblingsaphorismen:

«Man hat häufig bemerkt, daß der Geist, wenn er sich erhebt, den Körper dazu zwingt, in die Knie zu gehen.»

«He, grüß dich, Kriechtier. Sag mal, war das vielleicht ein Zitat von Lichtenstein?»

«Berg, Raymond. Lichtenberg ... Aber trotzdem, du beeindruckst mich.»

Dann verhandelten sie über die Erneuerung des Seitenflügelpedalhebels der Pulpschen Polikarpov. Getreu seiner Art zeigte sich Raymond in Geschäftsdingen unerbittlich, und Gabriel überließ ihm einen guten Teil des Geldes, das er Céline Fressaincourt abverlangt hatte. Egal. Es diente einem guten Zweck. In einer, wie er hoffte, nahen Zukunft, würde sein Silberpfeil in andere Himmel abheben.

«Eines Tages wirst du mich komplett ruinieren, Raymond, und dann muß ich auf Stroh schlafen.»

«Klar, auf dem Strohsack in der Zelle», spottete der Mechaniker.

Gabriel lachte. Er wollte gerade wieder gehen, als ein Junge in den Hangar kam. Er blieb vor Pulps Flugzeug stehen.

«Waoouh!» begeisterte sich der Kleine. «Hat das den Krieg mitgemacht?»

Amüsiert half ihm Gabriel in die Kiste. Das Kind spielte an den Hebeln und erfand auch gleich ein imaginäres Maschinengewehr.

«Pengpengpengpeng ... Pengpengpengpeng ...» Er schoß wie ein Wilder, der kleine Rotzlöffel. Die Arschlöcher der Welt mußten allesamt dran glauben. Und dennoch dachte Pulp, daß noch immer genug übrig blieben, die auf den Straßen von Manila und in den Schlafsälen von Heimen ihr Unwesen trieben. Ungestraft.

Georg Christoph Lichtenberg (1742–1799), vor allem durch seine, zuerst unter dem Titel «Sudelbücher» herausgebrachten Aphorismen (Anmerkungen, Beobachtungen, Einfälle, Notizen, Entwürfe etc.) bekanntgeworden

Jo-le-taxi Titel eines Hits von Vanessa Paradis

Jacques Prévert (1900–1977), Dichter, Chansonkomponist und Drehbuchschreiber, u. a. von «Les enfants du paradis» (Kinder des Olymp), in dem die Schauspielerin Arletty eine der Hauptrollen spielte. Im Film «Hôtel du Nord» sagt Arletty den vielzitierten Satz: Atmosphère! Atmosphère! ... Est-que j'ai une gueule d' atmosphère ...

la chaise – der Stuhl

la planche – das Brett